페스카라 이야기 번역노트 I

가브리엘레 단눈치오 지음
민현식 옮김

페스카라 이야기 번역노트 I

발행	2022년 3월 7일
지은이	가브리엘레 단눈치오
옮긴이	민현식
펴낸곳	도서출판 섬달
출판사등록	2022년 1월 7일 제2022-000004호
주소	인천시 연수구 앵고개로 104번길 22
전화	070-8736-1492
홈페이지	www.pescara.pe.kr
E-mail	pescara.pe.kr@gmail.com
ISBN	979-11-977486-5-3 [03840]
가격	15,000원

오디오듣기

PESCARA TALES

들어가는 글

  국내 초역인 '페스카라 이야기 Pescara Tales'는 감각적 쾌락주의, 유미주의, 예외적 인간의 우월성, 비엔나 상공에서 전단 살포, 퇴폐주의, 피우메 침공으로 연관 검색되는 가브리엘레 단눈치오 Gabriele D'Annunzio (1863-1938)가 1902년에 자신의 고향 페스카라에 대하여 쓴 에피소드들의 묶음입니다. 산소네는 단눈치오에 대하여 이렇게 말했습니다. "단테에서 카르두치까지 공통 주제였던 종교적 열망, 영혼의 울림, 인간적 연민과 존엄에의 느낌 등은 찾아볼 수없고, 젊음의 약동적인 감각의 찬미에서 탁월하게 음악적인 세련화로 이어지는 그의 족적만이 있을 뿐이다." 그러나 등장인물들의 허세, 미련함, 두려움에서 당신도 자신이 '모방할 수 없는 영혼'임을 다시 깨닫고, 열등한 계급의 존재를 확인하시겠습니까? 페스카라의 구석구석을 젊음의 감각적인 곳으로 '승격'시키지 못한 이 이야기를 지루한 뭔가라고 여기시겠습니까?

  책을 덮은 후 저처럼 돈 도메와 잠시 사랑에 빠지시길 바랍니다.

  이 책은 12편의 독립된 에피소드로 구성되어 있습니다. 어떤 면에서는 이탈리아판 '전원일기' 같기도 합니다. 좀 더 적나라하고, 좀 더 지독하고, 좀 더 내밀합니다.

옮긴이 민현식은 언젠가부터 '문학이나 할걸...'이라고 생각했습니다. Writer's block을 견딜 수 없을 것 같아서 '번역을 선택한' 후 '양자역학', '알파고', '펜데믹'을 번역하였습니다.

Table of Contents

Tale One

THE HERO
영웅

Already the huge standards of Saint Gonselvo had appeared on the square and were swaying heavily in the breeze.
이미 성 곤셀보의 커다란 깃발들이 광장에 나타나 미풍에도 무겁게 흔들리고 있었다.

Those who bore them in their hands were men of herculean stature, red in the face and with their necks swollen from effort; and they were playing with them.
깃발을 든 사람들은 헤라클래스만큼 키가 컸고, 얼굴은 붉게 탔으며, 깃발들을 가누느라 목에는 힘이 들어가 있t었다.

After the victory over the Radusani the people of Mascalico celebrated the feast of September with greater magnificence than ever.
라두사 마을 사람들에게 승리한 후 마스칼리코 마을 사람들은 그 어느 때보다 더 장엄하게 9월 축제를 진행하고 있었다.

A marvellous passion for religion held all souls.
그곳에 모인 사람들 모두는 종교에 대한 기묘한 열정에 사로잡혀

있었으며,

The entire country sacrificed the recent richness of the corn to the glory of the Patron Saint.
온 마을이 수호성인의 영광을 기리기 위해 갓 열린 옥수수를 바치고 있었다.

Upon the streets from one window to another the women had stretched their nuptial coverlets.
거리에서는 여자들이 창문마다 자신들이 결혼할 때 사용했던 이불들을 내다 널었고,

The men had wreathed with vines the doorways and heaped up the thresholds with flowers.
남자들은 포도 덩굴로 출입구를 장식하고 문지방 위에는 꽃을 쌓아두었다.

As the wind blew along the streets there was everywhere an immense and dazzling undulation which intoxicated the crowd.
거리를 따라 바람이 불면, 사람들의 눈을 제대로 못 뜨게 하는 거대한 무엇인가가 도시 전체에서 꿈틀거렸다.

From the church the procession proceeded to wind in and out and to lengthen out as far as the square.
교회로부터 출발한 행렬은 구불구불 이어져 광장까지 뻗어나갔다.

Before the altar, where Saint Pantaleone had fallen, eight men, privileged souls, were awaiting the moment for the lifting of the statue of Saint Gonselvo; their names were:
성 판탈레오네가 쓰러진 제단 앞에는 행렬에 참가할 수 있는 특전을 얻은 8명의 남자가 성 곤셀보 조각상을 들어 올릴 순간을 기다리고 있었다.

Giovanni Curo, l'Ummalido, Mattala, Vencenzio Guanno, Rocco di Cenzo, Benedetto Galante, Biagio di Clisci, Giovanni Senzapaura.
그들은 지오반니 크로, 루마리도, 마타라, 빈센지오 구아노, 로코 디 센조, 베네디또 갈란테, 비아지오 디 클리스치, 지오반니 센자파우라였다.

They stood in silence, conscious of the dignity of their work, but with their brains slightly confused.
자신들이 하는 일의 위엄을 의식하고 침묵 속에 서 있었지만, 머리 속은 약간 혼란스러웠다.

They seemed very strong; had the burning eye of the fanatic, and wore in their ears, like women, two circles of gold.
그들은 매우 강해 보였고, 광신도의 불타는 듯한 눈을 가졌으며, 여자처럼 두 개의 금으로 된 귀고리를 하고 있었다.

From time to time they tested their biceps and wrists as if to calculate their vigour; or smiled fugitively at one another.
이따금 자신들의 활력을 확인하려는 듯, 팔뚝과 손목에 힘을 주거나 서로에게 의미 없이 미소를 지었다.

The statue of the Patron Saint was enormous, very heavy, made of hollow bronze, blackish, with the head and hands of silver.
수호성인의 조각상은 거대하고 매우 무거웠고 속이 빈 청동으로 만들어졌으며, 거무스레 했고 머리와 손은 은으로 되어 있었다.

Mattala cried:
마타라가 외쳤다.

"Ready!"
"준비!"

The people, everywhere, struggled to see.
모든 사람이 그 광경을 보려고 목을 내밀었다.

The windows of the church roared at every gust of the wind.
교회의 창문들은 바람이 불 때마다 으르렁거리듯 흔들렸으며,

The nave was fumigated with incense and resin.
본당은 향과 송진 냄새로 가득했다.

The sounds of instruments were heard now and then.
악기 소리가 이따금 들리자,

A kind of religious fever seized the eight men, in the centre of that turbulence.
일종의 종교적인 열병이 그 혼란의 중심에서 8명의 남자들을 덮쳤다.

They extended their arms to be ready.
그들은 팔을 뻗어 다음 순간을 기다렸다.

Mattala cried:
마타라가 외쳤다.

"One!
"하나!

Two!
둘!

Three!"
셋!"

Simultaneously the men made the effort to raise the statue
to the altar.
소리에 맞춰 조각상을 제단에 올리려 했지만,

But its weight was overpowering, and the figure swayed to
the left.
무게가 압도적이어서 왼쪽으로 기우뚱하였다.

The men had not yet succeeded in getting a firm grip
around the base.
아랫부분을 꽉 잡지 못해서,

They bent their backs in their endeavour to resist.
그들은 등을 구부려 버티고자 하였다.

Biagio di Clisci and Giovanni Curo, the least strong, lost
their hold.
가장 허약한 비아지오 디 클리스치와 지오반니 크로가 잡고 있던
손을 놓았다.

The statue swerved violently to one side.
그러자 조각상이 한쪽으로 심하게 기울었다.

L'Ummalido gave a cry.
루마리도가 외쳤다.

"Take care!
"조심하세요!"

Take care!" vociferated the spectators on seeing the Patron Saint so imperilled.
구경꾼들도 수호성인 조각상이 위험에 처한 것을 보고 모두 외쳤다. "조심해요!"

From the square came a resounding crash that drowned all voices.
꽝 하는 소리가 광장의 모든 소리를 잠재웠다.

L'Ummalido had fallen on his knees with his right arm beneath the bronze.
루마리도는 무릎을 꿇고 쓰러졌고 그의 오른팔은 조각상 밑에 깔렸다.

Thus kneeling, he held his two large eyes, full of terror and pain, fixed on his hand which he could not free, while his mouth twisted but no longer spoke.
무릎을 꿇은 채로, 그의 커다란 두 눈은 공포와 고통으로 가득 찼고, 밑에 깔린 손은 꼼짝할 수도 없었으며, 그의 입은 비틀렸지만, 그는 아무 말도 하지 못했다.

Drops of blood sprinkled the altar.
핏방울들이 제단에 뿌려졌다.

His companions, all together, made a second effort to raise the weight.
그의 동료들은 함께 다시 한번 조각상을 들어 올리기 위해 힘을 썼다.

The operation was difficult.
어림없는 일이었다.

L'Ummalido, in a spasm of pain, twisted his mouth.

루마리도는 고통의 경련으로 입을 비틀었고,

The women spectators shuddered.
구경하던 여자들은 몸서리를 쳤다.

At length the statue was lifted and L'Ummalido withdrew his hand, crushed and bleeding and formless.
마침내 조각상을 들어 올리자, 그때야 루마리도가 손을 뺐지만 손은 형태를 알아볼 수 없을 정도로 부서져 있었으며 피가 낭자했다.

"Go home, now!
"지금 바로 집에 가셔야겠어요!"

Go home!" the people cried, while pushing him toward the door of the church.
"집에 가셔야 해요!" 사람들이 소리를 지르며 그를 교회 문 쪽으로 이끌었다.

A woman removed her apron and offered it to him for a bandage.
한 여자가 앞치마를 벗어 손에 감으라고 건네자,

L'Ummalido refused it.
루마리도는 거부했다.

He did not speak, but watched a group of men who were gesticulating and disputing around the statue.
그는 말을 하지 않았지만, 동상 주위에서 삿대질하며 논쟁을 벌이고 있는 남자들을 지켜보고 있었다.

"It is my turn!"
"제 차례입니다!"

"No! no!
"아니요! 아니요!

It's my turn!"
제 차례예요!"

"No! let me!"
"아니요! 제가 할 거예요"

Cicco Ponno, Mattia Seafarolo and Tommaso di Clisci were contending for the place left vacant by L'Ummalido.
치코 폰노, 마티아 시파롤로, 토마소 디 클리스치가 루마리도 자리를 놓고 다투고 있었다.

He approached the disputants.
그가 다투고 있는 사람들에게 다가갔다.

Holding his bruised hand at his side, and with the other opening a path, he said simply:
상처 입은 손을 옆구리에 대고, 다른 손으로는 길을 열면서 그가 무심히 말했다.

"The position is mine."
"그 자리는 제 자리입니다"

And he placed his left shoulder as a prop for the Patron Saint.
그리고는 왼쪽 어깨로 수호성인 상을 떠받쳤다.

He stifled down his pain, gritting his teeth, with fierce will-power.
그는 강렬한 의지로 이를 악물고 고통을 참았다.

Mattala asked him:
마타라가 그에게 물었다.

"What are you trying to do?"
"왜 그러시죠?"

He answered:
그가 대답했다.

"What Saint Gonselvo wishes me to do."
"성 곤셀보는 제가 하기를 바랍니다"

And he began to walk with the others.
그리고 나서 그는 다른 사람들과 걷기 시작했다.

Dumbfounded the people watched him pass.
어안이 벙벙해진 사람들은 그가 지나가는 것을 바라보고 있었다.

From time to time, someone, on seeing the wound which
was bleeding and growing black, asked him:
피가 나고 검게 변해가는 상처를 보고, 누군가 그에게 묻기도 했다.

"L'Umma', what is the matter?"
"룸마, 왜 그러는 거요?"

He did not answer.
그는 대답하지 않았다.

He moved forward gravely, measuring his steps by the
rhythm of the music, with his mind a little hazy, beneath
the vast coverlets that flapped in the wind and amongst
the swelling crowd.
그는 음악 소리에 자신의 발걸음을 자로 재듯이 엄숙하게 앞으로 나아갔다. 마음은 다소 불안정했고, 위에는 천막이 바람에 펄럭이고 있었으며, 사람들이 터질 듯이 모여 있었다.

At a street corner he suddenly fell.
길모퉁이에서 그가 갑자기 쓰러졌다.

The Saint stopped an instant and swayed, in the centre of a momentary confusion, then continued its progress.
조각상은 잠시 혼란의 한가운데서 순간적으로 멈칫하며 흔들렸다가 계속 앞으로 나아갔다.

Mattia Scafarola supplied the vacant place.
마티아 스카파로라가 그의 자리를 대신했다.

Two relations gathered up the swooning man and carried him to a nearby house.
두 사람이 기절한 그를 부추겨 근처의 집으로 데려갔다.

Anna di Cenzo, who was an old woman, expert at healing wounds, looked at the formless and bloody member, and then shaking her head, said:
안나 디 센조는 상처를 치료하는 노파였는데, 형체를 알아볼 수 없고 피투성이인 손을 보더니, 고개를 가로저으며 말했다.

"What can I do with it?"
"제가 뭘 할 수 있을까요?"

Her little skill was able to do nothing.
그녀의 기술로는 어림없는 일이었다.

L'Ummalido controlled his feelings and said nothing.
루마리도는 감정을 자제하며 아무 말도 하지 않았다.

He sat down and tranquilly contemplated his wound.
앉아서 조용히 자신의 상처를 바라볼 뿐이었다.

The hand hung limp, forever useless, with the bones
ground to powder.
그의 손은 축 늘어져 영원히 쓸모없게 되었으며 뼈는 가루가 되었
다.

Two or three aged farmers came to look at it.
두세 명의 나이 든 농부들이 그 광경을 보러왔다.

Each, with a gesture or a word, expressed the same
thought.
그 둘은 몸짓과 말로, 같은 생각을 드러내고 있었다.

L'Ummalido asked:
루마리도가 물었다.

"Who carried the Saint in my place?"
"누가 내 자리에 들어갔나요?"

They answered:
그들이 대답했다.

"Mattia Scafarola."
"마티아 스카포로라요."

Again he asked:
그가 다시 물었다.

"What are they doing now?"
"지금 뭐 하고 있죠?"

They answered:
그들이 대답했다.

"They are singing the vespers."
"저녁 예배를 올리고 있어요."

The farmers bid him good-bye and left for vespers.
농부들은 그에게 작별 인사를 하고는 저녁 예배를 위해 떠났다.

A great chiming came from the mother church.
본당에서 커다란 종소리가 울려 나왔다.

One of the relations placed near the wound a bucket of cold water, saying:
친척 중 한 명이 상처 근처에 차가운 물이 담긴 양동이를 두면서 말했다.

"Every little while put your hand in it.
"계속 손을 찬물에 담가 둬요.

We must go.
우린 가야대서요.

Let us go and listen to the vespers."
자, 가서 저녁 예배드리죠."

L'Ummalido remained alone.
루마리도는 혼자 남겨지게 되었다.

The chiming increased, while changing its metre.
음보가 바뀌면서 차임 소리가 커졌다.

The light of day began to wane.

하루가 저물어 가고 있었다.

An olive tree, blown by the wind, beat its branches against the low window.
올리브 나무의 가지가 바람에 날려 낮은 쪽의 창문을 때렸다.

L'Ummalido began to bathe his hand little by little.
루마리도는 조금씩 손을 씻기 시작했다.

As the blood and concretions fell away, the injury appeared even greater.
굳은 핏덩어리가 떨어져 나가자, 상처가 더욱 크게 보였다.

L'Ummalido mused:
루마리도는 생각했다.

"It is entirely useless!
"이젠 쓸 수가 없겠구나!

It is lost.
사라져 버렸어.

Saint Gonselvo, I offer it up to you."
성 곤셀보여, 당신에게 제 손을 바칩니다. "

He took a knife and went out.
그는 칼을 들고 밖으로 나갔다.

The streets were deserted.
거리는 황량했다.

All of the devotees were in the church.
신자들은 모두 교회에 있었다.

Above the houses sped, like fugitive herds of cattle, the violet clouds of a September sunset.
집들 위로, 도망치는 소 떼처럼, 9월 일몰의 보랏빛 구름이 빠르게 흘러갔다.

In the church the united multitude sang in measured intervals as if in chorus to the music of the instruments.
교회에서는, 사람들은 모두 하나 같이, 악기로 연주되는 음악에 코러스를 넣듯, 한 치도 어김없이 노래를 부르고 있었다.

An intense heat emanated from the human bodies and the burning tapers.
뜨거운 열기가 인체와 촛불에서 뿜어져 나오고 있었고,

The silver head of Saint Gonselvo scintillated from on high like a light house.
등대처럼 높은 곳에서는 성 곤셀보 상의 은빛 머리가 번득이고 있었다.

L'Ummalido entered.
루마리도가 교회 안으로 들어갔다.

To the stupefaction of all, he walked up to the altar and said, in a clear voice, while holding the knife in his left hand:
모두를 깜짝 놀라게 한 그는 제단으로 걸어가서 왼손에 칼을 들고 분명한 목소리로 말했다

"Saint Gonselvo, I offer it up to you."
"성 곤셀보여, 당신에게 바칩니다."

And he began to cut around the right wrist, gently, in full

sight of the horrified people.
그러더니 그는 겁에 질린 사람들이 모두 지켜보는 가운데 조심스럽게 오른쪽 손목을 자르기 시작했다.

The shapeless hand became detached little by little amidst the blood.
짓이겨진 손이, 피가 낭자한 가운데, 조금씩 떨어져 갔다.

It swung an instant suspended by the last filaments.
손은 가는 실 같은 것으로 잠시 매달려 있더니,

Then it fell into a basin of copper which held the money offerings at the feet of the Patron Saint.
수호성인의 발 앞에 있던 헌금을 담는 구리 대야에 떨어졌다.

L'Ummalido then raised the bloody stump and repeated in a clear voice:
그러자 루마리도는 잘린 손을 들고 분명한 목소리로 다시 말했다.

"Saint Gonselvo, I offer it up to you."
"성 곤셀보여, 당신에게 바칩니다."

Tale Two

THE COUNTESS OF AMALFI
아말피 백작부인

I

When, one day, toward two o'clock in the afternoon, Don Giovanni Ussorio was about to set his foot on the threshold of Violetta Kutufas' house, Rosa Catana appeared at the head of the stairs and announced in a lowered voice, while she bent her head:
어느 날 오후 2시경, 돈 지오반니 웃소리오가 비오레타 쿠투파스의 집에 들어가려고 할 때, 로사 카타나가 계단 앞에서 인사를 하면서 낮은 목소리로 말했다.

"Don Giova, the Signora has gone."
"돈 지오바, 마님이 떠나셨습니다. "

Don Giovanni, at this unexpected news, stood dumbfounded, and remained thus for a moment with his eyes bulging and his mouth wide open While gazing upward as if awaiting further explanations.
돈 지오반니는, 이런 뜻밖의 소식에, 정신이 아득해져, 뭔가 더 설명해 주기를 바라듯 위쪽을 바라보며, 눈을 부릅뜨고는, 입을 크게 벌린 채, 잠시 서 있었다.

Since Rosa stood silently at the top of the stairs, twisting
an edge of her apron with her hands and dilly-dallying
somewhat, he asked at length:
로사가 계단 가에 조용히 서서 앞치마 끝을 배배 꼬면서 꾸물대고
있었기 때문에, 그가 마침내 물었다.

"But tell me why?
"이유가 뭐래요?

But tell me why?"
이유가 뭐래요?"

And he mounted several steps while he kept repeating
with a slight stutter:
그는 약간 말을 더듬고 계속 반복하면서 몇 계단을 오르며 물었다.

"But why?
"왜죠?

But why?"
왜죠?"

"Don Giova, what have I to tell you?
"돈 지오바, 제가 무슨 말을 할 수 있을까요?

Only that she has gone."
마님이 떠나셨다는 것 말고요."

"But why?"
"그런데 이유가 뭐냐고요?"

"Don Giova, I do not know, so there!"
"돈 지오바, 저는 모릅니다. 그래서..."

And Rosa took several steps on the landing-place toward
the door of the empty apartment.
그리고 로사는 텅 빈 아파트 문 앞의 층계참에서 몇 계단을 올랐다.

She was rather a thin woman, with reddish hair, and face
liberally scattered with freckles.
그녀는 불그스레한 머리카락에 얼굴은 주근깨가 가득한 다소 마른
여자였다.

Her large, ash-coloured eyes had nevertheless a singular
vitality.
그녀의 커다란 잿빛 눈에는 독특한 활력이 있었으나,

The excessive distance between her nose and mouth gave
to the lower part of her face the appearance of a monkey.
코와 입 사이의 거리가 너무 멀어서 하관은 원숭이처럼 보였다.

Don Giovanni pushed open the partly closed door and
passed through the first room, and then the third; he
walked around the entire apartment with excited steps; he
stopped at the little room, set aside for the bath.
돈 지오반니는 꽉 닫히지는 않은 문을 밀어서 열고는, 첫 번째 방과
세 번째 방을 통과했다. 그는 흥분해서 아파트 전체를 서성이더니,
목욕을 위해 따로 마련된 작은 방에서 멈췄다.

The silence almost terrified him; a heavy anxiety weighted
down his heart.
주위의 고요함이 그를 질리게 하고 무거운 불안이 그의 마음을 짓
눌렀다.

"It can't be true!
"이럴 수는 없어!

It can't be true!" he murmured, staring around confusedly.
이럴 수는 없어!" 그는 혼란스러운 표정으로 주위를 둘러보며 중얼거렸다.

The furniture of the room was in its accustomed place, but there was missing from the table under the round mirror, the crystal phials, the tortoise-shell combs, the boxes, the brushes, all of those small objects that assist at the preparation of feminine beauty.
방의 가구는 익숙한 위치에 있었지만, 둥근 거울 아래 탁자에는 수정 약병, 별갑 빗, 상자 등 여자가 단장하는데 필요한 모든 작은 소품들이 사라져 버렸다.

In a corner stood a species of large, zinc kettle shaped like a guitar; and within it sparkled water tinted a delicate pink from some essence.
구석에는 기타 모양을 한 커다란 아연 주전자가 있었는데, 그 안에는 약간 핑크빛이 도는 물이 반짝이고 있었다.

The water exhaled subtle perfume that blended in the air with the perfume of cyprus-powder.
그 물에서는 키프로스 분첩 냄새와 공기 중에 섞인 미묘한 향수 냄새가 났다.

The exhalation held in it some inherent quality of sensuousness.
그 향기에서는 관능적인 뭔가가 느껴졌다.

"Rosa!
"로사!

Rosa!"
로사!"

Don Giovanni cried, in a voice almost extinguished by the
insurmountable anxiety that he felt surging through him.
돈 지오반니는 훅 밀려오는 불안에 휩싸여 절망적으로 기어들어 가
는 목소리로 그녀를 찾았다.

The woman appeared.
로사가 나타났다.

"Tell me how it happened!
"어떻게 된 건지 말해주세요!

To what place has she gone?
어디로 갔을까요?

And when did she go?
그리고 언제 갔습니까?

And why?" begged Don Giovanni, making with his mouth
a grimace both comic and childish, in order to restrain his
grief and force back the tears.
그리고 이유는요?" 돈 지오반니는 자신의 슬픔을 억제하고 눈물을
억제하기 위해 우스운 모습으로 어린애같이 입꼬리를 내렸다.

He seized Rosa by both wrists, and thus incited her to
speak, to reveal.
그는 로사의 두 손목을 잡고 그녀에게 말하라고, 사실을 알려달라
고 졸랐다.

"I do not know, Signor," she answered.

"전 모릅니다, 돈 지오반니" 그녀가 대답했다.

"This morning she put her clothes in her portmanteau, sent for Leones' carriage, and went away without a word.
"오늘 아침, 마님이 옷을 여행용 가방에 넣고 레오네스 마차를 부르더니 한마디 말도 없이 가버렸습니다.

What can you do about it?
어떻게 할 수가 없었어요.

She will return."
마님은 돌아오실 거예요."

"Return-n-n!" sobbed Don Giovanni, raising his eyes in which already the tears had started to overflow.
"돌아와 주세요" 이미 눈물이 범벅이 된 눈을 들어 돈 지오반니는 흐느껴 울었다.

"Has she told you when?
"언제라고 했나요?

Speak!"
말하세요!"

And this last cry was almost threatening and rabid.
그의 말투는 거의 협박조였다.

"Eh?... to be sure she said to me, 'Addio, Rosa.
예?... 분명히 "잘 지내세요, 로사."라고 하셨어요.

We will never see each other again...!
우린 다신 보지 못할 거예요...!

But, after all ... who can tell!
그런데... 누가 알겠어요?

Everything is possible.'"
모든 것이 가능하잖아요."

Don Giovanni sank dejectedly upon a chair at these
words, and set himself to weeping with so much force of
grief that the woman was almost touched by it.
돈 지오반니는 이 말에 낙담해서 의자에 주저앉았고, 비통한 심정
으로 울기 시작하자, 로사는 이 모습에 감동할 정도였다.

"Now what are you doing, Don Giova?
"돈 지오바, 왜 그러세요?

Are there not other women in this world?
이 세상에 다른 여자는 없나요?

Don Giova, why do you worry about it...?"
돈 지오바, 왜 걱정하세요...? "

Don Giovanni did not hear.
돈 지오반니는 그의 말을 듣지 못한 채,

He persisted in weeping like a child and hiding his face
in Rosa Catana's apron; his whole body was rent with the
upheavals of his grief.
어린아이처럼 계속 울며, 로사 카타나의 앞치마에 자기 얼굴을 파
묻었다. 그는 슬픔에 겨워 몸을 추스르기도 힘들어하였다.

"No, no, no....
"안돼 안돼 안돼....

I want Violetta!
나는 비올레타를 원해요!

I want Violetta!" he cried.
나는 비올레타를 원한다구요!"라고 그가 소리쳤다.

At that stupid childishness Rosa could not refrain from smiling.
어린애 같은 이런 행동에 로사는 웃음이 나오는 걸 참을 수 없었다.

She gave assistance by stroking the bald head of Don Giovanni and murmuring words of consolation.
그녀는 돈 지오반니의 대머리를 쓰다듬으며 위로의 말을 중얼거렸다.

"I will find Violetta for you; I will find her....
"비올레타를 찾아드릴게요. 찾아드릴게요....

So! be quiet!
그러니, 조용히 하세요!

Do not weep any more, Don Giovannino.
돈 지오반니노, 더 이상 울지 마세요.

The people passing can hear.
지나가던 사람들이 듣겠어요.

Don't worry about it, now."
걱정 안 하셔도 돼요."

Don Giovanni, little by little, under the friendly caress, curbed his tears and wiped his eyes on her apron.
돈 지오반니는 조금씩 로사의 다정한 위로에 감정을 추스르며 그녀의 앞치마로 눈물을 닦았다.

"Oh! oh! what a thing to happen!" he exclaimed, after having remained for a moment with his glance fixed on the zinc kettle, where the water glittered now under a sunbeam.
"아! 아! 이런 일이 일어나다니!" 그가 외쳤다. 그는 잠깐 아연 주전자를 바라보며 서 있었는데, 주전자 물은 이제는 햇빛을 받으며 반짝이고 있었다.

"Oh! oh! what luck!
"아! 아! 이런 불행이 있나!

Oh!"
아!

He took his head between his hands and swung it back and forth two or three times, as do imprisoned monkeys.
그는 두 손 사이로 머리를 잡고 우리에 갇힌 원숭이처럼 두세 번 앞뒤로 흔들었다.

"Now go, Don Giovanino, go!"
"자 이제, 돈 지오바니노, 가세요!"

Rosa Cantana said, taking him gently by the arm and drawing him along.
로사 칸타나가 그의 팔을 부드럽게 잡아당기며 말했다.

In the little room the perfume seemed to increase.
작은 방의 향수 냄새가 진동하는 듯 하였다.

Innumerable flies buzzed around a cup where remained the residue of some coffee.

커피 찌꺼기가 남아 있는 컵 주변에는 수많은 파리가 윙윙거렸다.

The reflection of the water trembled on the walls like a subtle net of gold.
물은 벽에 반사되어 마치 미세한 금 그물처럼 흔들렸다.

"Leave everything just so!" pleaded Don Giovanni of the woman, in a voice broken by badly suppressed sobs.
"모든 것을 그대로 두세요!"라고 여자에게 버림받은 돈 지오반니가 부탁했다. 그는 가까스로 울음을 참고 있었다.

He descended the stairs, shaking his head over his fate.
그는 자신이 겪은 일을 부정하려는 듯 고개를 저으며 계단을 내려 갔다.

His eyes were swollen and red, bulging from their sockets like those of a mongrel dog.
그의 눈은 부어오르고 붉어졌으며, 잡종 개처럼 안구에서 툭 튀어 나와 있었다.

His round body and prominent stomach overweighted his two slightly inverted legs.
그의 두 다리는 안쪽으로 살짝 휘어 있었고, 몸에는 살이 많이 붙어 둥그스름했으며 배는 불룩했다.

Around his bald skull ran a crown of long curling hair that seemed not to take root in the scalp but in the shoulders, from which it climbed upward toward the nape of the neck and the temples.
대머리 주변으로는 왕관 같은 긴 곱슬 머리가 늘어져 있었다. 그의 머리카락은 두피가 아니라 어깨에서부터 위쪽으로 자라 목덜미와 관자놀이로 향하는 듯 보였다.

He had the habit of replacing from time to time with his bejewelled hands, some disarranged tuft; the jewels, precious and gaudy, sparkled even on his thumb, and a cornelian button as large as a strawberry fastened the bosom of his shirt over the centre of his chest.
그는 이따금 보석으로 치장된 손으로 흐트러진 머리카락을 가다듬는 습관이 있었는데, 그 보석들은 귀하고 화려했으며, 엄지 손가락에도 끼워져 있었다. 또 딸기만한 홍옥 단추가 그의 가슴 중앙에 채워져 있었다.

When he reached the broad daylight of the square, he experienced anew that unconquerable confusion.
대낮에 광장에 도착했을 때, 그는 야만적인 혼란을 다시 느꼈다.

Several cobblers were working near by and eating figs.
몇몇 구두 수선공들이 근처에서 일하며 무화과를 먹고 있었다.

A caged blackbird was whistling the hymn of Garibaldi, continuously, always recommencing at the beginning with painful persistency.
우리에 갇힌 찌르레기의 소리는 마치 가리발디 찬송 같았는데, 고통스럽게 계속 같은 소리를 내고 있었다.

"At your service, Don Giovanni!" called Don Domenico Oliva, as he passed, and he removed his hat with an affable Neapolitan cordiality.
그가 지나갈 때, "필요한 건 뭐든지 말씀하십시오, 돈 지오반니!"라고 돈 도메니코 올리바가 붙임성 있게 나폴리식으로 모자를 벗으며 말했다.

Stirred with curiosity by the strange expression of the Signor, he repassed him in a short time and resaluted him with greater liberality of gesture and affability.

돈 지오반니의 이상한 표정에 호기심이 발동한 그는 재빨리 그를
다시 지나치면서 더욱 자유분방한 몸짓과 붙임성으로 그에게 또 인
사를 했다.

He was a man of very long body and very short legs; the
habitual expression of his mouth was involuntarily shaped
for derision.
그의 몸은 길쭉했지만, 다리는 아주 짧았고, 조롱을 일삼는 그의 입
은 습관적이고 무의식적으로 삐뚤어져 있었다.

The people of Pescara called him "Culinterra."
페스카라 사람들은 그를 "쿠린테라"라고 불렀다.

"At your service!" he repeated.
"말씀만 하세요."라고 그는 또 지껄였다.

Don Giovanni, in whom a venomous wrath was beginning
to ferment which the laughter of the fig-eaters and the
trills of the blackbird irritated, at his second salute turned
his back fiercely and moved away, fully persuaded that
those salutes were meant for taunts.
무화과를 먹는 자들의 웃음소리와 찌르레기의 짹짹거리는 소리로
독이 올라 화가 머리끝까지 난 돈 지오반니는, 두 번째 인사에 사납
게 등을 돌리고 사라져 갔는데, 그런 인사는 그를 조롱하고자 하는
것이었음을 충분히 알 수 있었던 것이다.

Don Domenico, astonished, followed him with these
words:
놀란 돈 도메니코는 계속 그를 따라가면서 지껄였다.

"But, Don Giova!
"돈 지오바!

... are you angry ... but...."
...화나셨어요... 그런데요..."

Don Giovanni did not listen.
돈 지오반니는 그 소리를 듣지 않고,

He walked on with quick steps toward his home.
집을 향해 빠르게 걸었다.

The fruit-sellers and the blacksmiths along the road gazed and could not understand the strange behaviour of these two men, breathless and dripping with perspiration under the noonday sun.
길가에 늘어선 과일 장수들과 대장장이들은 한낮의 태양 아래서 숨을 헐떡이며 땀을 흘리는 이 두 사람의 이상한 행동을 쳐다 보았지만 이해할 수는 없었다.

Having arrived at his door, Don Giovanni, scarcely stopping to knock, turned like a serpent, yellow and green with rage, and cried:
집에 도착했을 때, 돈 지오반니는 노크도 하지 않고 분노에 찬 녹황색 뱀처럼 변해서 소리쳤다.

"Don Dome, oh Don Dome, I will hit you!"
"돈 도메, 돈 도메, 가만두지 않을꺼야."

With this threat, he entered his house and closed the door violently behind him.
이렇게 소리지르며, 그는 집으로 들어가 사납게 문을 닫았다.

Don Domenico, dumbfounded, stood for a time speechless.
너무 놀란 돈 도메니코는 한동안 말을 잇지 못하고 서 있었다.

Then he retraced his steps, wondering what could account
for this behaviour, when Matteo Verdura, one of the fig-
eaters, called:
돈 도메니코는 왜 저럴까 궁금해 하면서 오던 길을 되돌아가고 있
을 때, 무화과를 먹었던 사람 중의 하나인 마테오 베르두라가 그를
불렀다.

"Come here!
"이리 와보세요!

Come here!
이리 와보세요!

I have a great bit of news to tell you."
말씀드릴께 있어요. 굉장한 거죠."

"What news?" asked the man of the long spine, as he
approached.
"뭔데요?" 그가 다가오자 긴 척추의 남자가 물었다.

"Don't you know about it?"
"그거 모르세요?"

"About what?"
"뭐요?"

"Ah!
"아!

Ah!
아!

Then you haven't heard yet?"

그럼 아직 못 들었다는 말인가요?"

"Heard what?"
"뭐요?"

Verdura fell to laughing and the other cobblers imitated him.
베르두라가 웃자 다른 구두 수선공들도 키득대기 시작했다.

Spontaneously all of them shook with the same rasping and inharmonious mirth, differing only with the personality of each man.
그들 모두는 꽤나 즐거운지 몸을 흔들며 목이 쉬도록 웃어 재꼈다. 웃는 모습이 각자 다르긴 했지만.

"Buy three cents' worth of figs and I will tell you."
"3센트 어치만 무화과를 사세요. 그럼 말씀드릴게요."

Don Domenico, who was niggardly, hesitated slightly, but curiosity conquered him.
구두쇠인 돈 도메니코는 잠시 머뭇거렸지만, 호기심에 지고 말았다.

"Very well, here it is."
"그래요, 자 여기 있어요."

Verdura called a woman and had her heap up the fruit on a plate.
베르두라는 한 여자를 불러 접시에 과일을 쌓게 했다.

Then he said:
그리고는 말했다.

"That signora who lived up there, Donna Violetta, do you remember...?
"거기에 살던 그 마님, 도나 비오레타 아시죠...?

That one of the theatre, do you remember...?"
저 극장 아시잖아요..?"

"Well?"
"그래서요?"

"She has made off this morning.
"그녀가 오늘 아침에 떠났답니다.

Crash!"
그냥 갔대요!"

"Indeed?"
"정말요?"

"Indeed, Don Dome."
"진짜라니까요, 돈 도메."

"Ah, now I understand!" exclaimed Don Domenico, who was a subtle man and cruelly malicious.
"아, 이제 알겠네요!" 교활하고 잔인할 정도로 악랄한 돈 도메니코 가 외쳤다.

Then, as he wished to revenge himself for the offence given him by Don Giovanni and also to make up for the three cents expended for the news, he went immediately to the casino in order to divulge the secret and to enlarge upon it.
그는 돈 지오반니가 자신에게 준 모욕에 대해 복수하고 이런 소식

을 얻느라 쓴 3센트를 벌충하기 위해, 그 비밀을 까발리고 덧붙이
러 카지노로 곧장 달려갔다.

The "casino," a kind of cafe, stood immersed in shadow, and up from its tables sprinkled with water, arose a singular odour of dust and musk.
일종의 카페인 "카지노"는 그늘에 잠긴 듯했고, 물이 뿌려진 탁자 위에서는 먼지와 사향의 독특한 냄새가 났다.

There snored Doctor Punzoni, relaxed upon a chair, with his arms dangling.
그곳에는 의사 펀조니가 팔을 늘어뜨리고 의자에 앉아 코를 골고 있었다.

The Baron Cappa, an old soul, full of affection for lame dogs and tender girls, nodded discreetly over a newspaper.
카파 남작은, 절름발이 개들과 상냥한 소녀들을 사랑하는 늙은이였 는데, 신문을 보면서 조용히 고개를 끄덕이고 있었고,

Don Ferdinando Giordano moved little flags over a card representing the battlefields of the Franco-Prussian war.
돈 페르디난도 지오다노는 프랑스-프로이센 전쟁의 전장을 나타내 는 카드 위로 작은 깃발들을 옮겼다.

Don Settimio de Marinis appraised with Doctor Fiocca the works of Pietro Mettastasio, not without many vocal explosions and a certain flowery eloquency in the use of poetical expressions.
돈 세티미오 드 마리니스는 의사 피오카와 함께 피에트로 메타스타 시오의 작품을 평가하면서 시적 표현을 사용함에 있어 이따금 소리 를 높이거나 복잡한 열변을 토하기도 하였다.

The notary Gaiulli, not knowing with whom to play,

shuffled the cards of his game alone, and laid them out in
a row on the table.
공증인 가이울리는 누구와 게임을 해야 할지를 몰라서 혼자 카드를
섞어서 테이블 위에 일렬로 늘어놓았고,

Don Paolo Seccia sauntered around the billiard table with
steps calculated to assist the digestion.
돈 파올로 셋시아는 소화를 시키려 발걸음 수를 세면서 당구대 주
위를 어슬렁거렸다.

Don Domenico Oliva entered with so much vehemence,
that all turned toward him except Doctor Panzoni, who
still remained in the embrace of slumber.
돈 도메니코 올리바가 너무 급하게 들어와서, 아직 잠에 빠져 있는
의사 판조니를 제외한 모든 사람이 그를 바라보았다.

"Have you heard?
"들으셨나요?

Have you heard?"
들었어요?"

Don Domenico was so anxious to tell the news, and
so breathless, that at first he stuttered without making
himself understood.
돈 도메니코는 너무 그 소식을 알리고 싶고 너무 숨이 차서 처음에
는 횡설수설하며 말을 더듬었다.

All of these gentlemen around him hung upon his words,
anticipating with delight any unusual occurrence that
might enliven their noonday chatter.
주변에 모인 남자들은 모두 그가 과연 무슨 말을 할까 궁금해하며,
어떤 특이한 일이 일어나서 한낮의 잡담에 생기를 불어넣어 주기를

기대하였다.

Don Paolo Seccia, who was slightly deaf in one ear, said impatiently, "But have they tied your tongue, Don Dome?"
한쪽 귀가 약간 들리지 않는 돈 파올로 셋시아가 안달을 하며 말했다. "어서 말해봐, 누가 혀를 묶기라도 했나, 돈 도메?"

Don Domenico recommenced his story at the beginning, with more calmness and clearness.
돈 도메니코는 이야기를 처음부터 차분하게 또박또박 다시 시작했다.

He told everything; enlarged on the rage of Don Giovanni Ussorio; added fantastic details; grew intoxicated with his own words as he went on.
그는 모든 것을 말했다. 돈 지오반니 웃소리오의 분노에 찬 이야기를 과장하고, 기가 막히게 세부 사항들을 더하는 등, 이야기를 계속하며 자신의 말에 도취되었다.

"Now do you see?
"아시겠나요?

Now do you see?"
이제 아시겠죠?"

Doctor Panzoni, at the noise, opened his eyelids, rolling his huge pupils still dull with sleep and still blowing through the monstrous hairs of his nose, said or rather snorted nasally:
의사 판조니는 이렇게 시끌벅적한 가운데 눈을 뜨고 여전히 잠에 취한 커다란 눈동자를 굴리며 괴물같이 삐져나온 코털을 날리며 말했다, 아니 큭큭거렸다.

"What has happened?
"무슨 일이에요?

What has happened?"
왜 그래요?"

And with much effort, bearing down on his walking stick, he raised himself very slowly, and joined the gathering in order to hear.
그러더니 끙끙거리며 지팡이에 기대서 아주 천천히 몸을 일으켜서는, 사람들이 모여 있는 곳으로 왔다.

The Baron Cappa now narrated, with much saliva in his mouth, a well-nourished story apropos of Violetta Kutufa.
카파 남작이 입안에 가득 침을 머금은 채로 비올레타 쿠투파에 대한 씹기 좋은 이야기를 시작했다.

From the pupils of the eyes of his intent listeners gleams flashed in turn.
그의 의도를 보여주는 눈동자가 반짝이자, 이야기를 듣는 사람들의 눈동자들도 반짝이기 시작했다.

The greenish eyes of Don Palo Seccia scintillated as if bathed in some exhilarating moisture.
돈 팔로 세치아의 초록빛 눈은 생기가 넘쳤으며 촉촉하게 반짝거렸다.

At last the laughter burst out.
마침내 웃음이 터져 나왔다.

But Doctor Panzoni, though standing, had taken refuge again in slumber; since for him sleep, irresistible as a disease, always had its seat within his own nostrils.

의사 판조니는 서 있기는 했지만, 다시 잠이 들었다. 그에게 잠은 질병처럼 저항할 수 없는 것으로 언제나 그의 콧구멍 안에 자리 잡고 있는 듯했다.

He remained with his snores, alone in the centre of the room, his head upon his breast, while the others scattered over the entire district to carry the news from family to family.
그가 코를 골면서 혼자 방 한가운데에서 머리를 가슴에 대고 있을 때, 나머지 사람들은 이 이야기를 자신들의 가족들에게도 전하기 위해 마을 전체로 흩어져 갔다.

And the news, thus divulged, caused an uproar in Pescara.
그리고 이렇게 알려지게 된 이야기는 페스카라에 작은 파란을 불러왔다.

Toward evening, with a fresh breeze from the sea and a crescent moon, everybody frequented the streets and squares.
저녁이 되어, 바다로부터 상쾌한 바람이 불고 초승달이 뜨자, 모든 사람들이 거리와 광장에 들락거렸고,

The hum of voices was infinite.
사람들이 웅성대는 소리가 끊이질 않았다.

The name of Violetta Kutufa was at every tongue's end.
비올레타 쿠투파라는 이름이 모든 이들의 입에 오르내렸다.

Don Giovanni Ussorio was not to be seen.
돈 지오반니 웃소리오는 볼 수가 없었다.

II

Violetta Kutufa had come to Pescara in the month of
January, at the time of the Carnival, with a company of
singers.

비올레타 쿠투파는 1월에 한 무리의 가수들과 함께 페스카라에 왔
다. 축제 철이었다.

She spoke of being a Greek from the Archipelago, of
having sung in a theatre at Corfu in the presence of the
Greek king, and of having made mad with love an English
admiral.

그녀는, 자신이 군도 출신의 그리스 사람이며, 그리스 왕 앞에서 코
르푸의 극장에서 노래도 했으며, 영국 제독을 사랑으로 미치게 한
적도 있다고 말했다.

She was a woman of plump figure and very white skin.

그녀는 통통한 체형과 매우 하얀 피부를 가지고 있었다.

Her arms were unusually round and full of small dimples
that became pink with every change of motion; and
these little dimples, together with her rings and all of
those other graces suitable for a youthful person, helped
to make her fleshiness singularly pleasing, fresh and
tantalising.

그녀의 팔은 특이할 정도로 포동포동했다. 또한 보조개 같은 작은
움푹한 부분들이 가득해서 움직일 때마다 분홍색으로 변했다. 이런
움푹한 부분들은, 젊은 사람에게 어울리는 반지들과 장신구들과 함
께, 그녀의 비만을 오히려 아주 보기 좋고, 싱그러우며, 사람을 애
타게 하는 어떤 것으로 만들었다.

The features of her face were slightly vulgar, the eyes tan
colour, full of slothfulness; her lips large and flat as if
crushed.

그녀의 얼굴은 약간 천박했고 눈은 황갈색에 나태함으로 가득 차

있었다. 입술은 커다랗고 으스러진 듯 납작했다.

Her nose did not suggest Greek origin; it was short, rather straight, and with large inflated nostrils; her black hair was luxuriant.
코는 그리스 사람 같지 않게 자그마하고 콧날도 휘지 않았으며, 콧구멍은 크고 부풀려진 것처럼 보였고, 검은색 머리카락은 풍성했다.

She spoke with a soft accent, hesitating at each word, smiling almost constantly.
그녀는 부드러운 억양으로 한마디 한마디 주저하는 듯 말을 이어갔으며 거의 언제나 미소를 짓고 있었고,

Her voice often became unexpectedly harsh.
목소리는 이따끔 갑자기 귀에 거슬리기도 했다.

When her company arrived, the Pescaresi were frantic with expectation.
그녀의 무리가 도착했을 때, 페스카라 사람들은 기대감으로 한껏 들떠 있었다.

The foreign singers were lauded everywhere, for their gestures, their gravity of movement, their costumes, and for every other accomplishment.
이들 외국 가수들은 그들의 몸짓, 행동의 장중함, 의상 외, 다른 재주들로 어디에서나 환영받았다.

But the person upon whom all attention centred was Violetta Kutufa.
그러나 모든 관심이 집중된 사람은 비올레타 쿠투파였다.

She wore a kind of dark bolero bordered with fur and held

together in front with gilt aiglettes; on her head was a species of toque, all fur, and worn a little to one side.
그녀는 모피로 가장자리를 댄 어두운 볼레로를 입고, 앞쪽은 금박 장식용 끈으로 여미고, 머리 위에는 여성용 작은 모자를 쓰고 있었는데 전체가 모피였으며 한쪽이 약간 닳아 있었다.

She walked about alone, stepping briskly, entered the shops, treated the shop-keepers with a certain disdain, complained of the mediocrity of their wares, left without making a purchase, hummed with indifference.
그녀는 활기찬 걸음으로 혼자 주변을 걷고, 상점에 들어가고, 가게 주인들을 약간 경멸스럽게 대하고, 물건들이 평범하다고 불평하다가, 사지는 않고 가게를 나와, 관심 없다는 듯 콧노래를 흥얼거렸다.

Everywhere, in the squares, on all of the walls large hand-bills announced the performance of "The Countess of Amalfi."
광장의 모든 벽에 빼곡히 커다란 전단이 "아말피 백작 부인" 공연을 알렸다.

The name of Violetta Kutufa was resplendent in vermilion letters.
비올레타 쿠투파라는 이름이 주홍 글자로 쓰여 눈부시게 빛나고 있었다.

The souls of the Pescaresi kindled.
페스카라 사람들의 뜨거운 관심사가 된 것이다.

At length the long looked-for evening arrived.
드디어 오랫동안 기다려온 저녁이 찾아왔다.

The theatre was in a room of the old military hospital, at

the edge of the town near the sea.
무대는 바닷가 근처 마을의 변두리에 있는 오래된 군 병원의 방에 설치되었다.

The room was low, narrow, and as long as a corridor; the stage, of wood with painted scenery, arose a few hands' breadths above the floor; along the side walls was the gallery, consisting of boards over saw-horses covered with tricoloured flags and decorated with festoons.
방은 낮고 좁았으며 복도만큼 길었다. 그림이 그려진 목조 무대는 바닥에서 몇 뼘 정도 올라가 있었고, 측벽을 따라 갤러리가 있었으며, 삼색기로 덮이고 꽃줄로 장식된 톱질 모탕들 위에 판자로 구성되어 있었다.

The curtain, a masterpiece of Cucuzzito, son of Cucuzzito, depicted tragedy, comedy and music, interwoven, like the three Graces, and flitting over a bridge under which passed the blue stream of Pescara.
쿠쿠지토와 쿠쿠지토의 아들이 그린 장막은 비극, 희극, 음악이, 마치 미의 세 여신처럼 얽혀서, 페스카라의 푸른 개울을 가로지르는 다리 위로 날아가는 모습을 나타내고 있었다.

The chairs for the theatre, taken from the churches, occupied half of the pit.
교회에서 가져온 의자들이 무대 앞쪽의 절반을 차지했고,

The benches, taken from the schools, occupied the remaining space.
학교에서 가져온 벤치가 나머지 공간을 차지했다.

Toward seven in the evening, the village band started its music on the square, played until it had made the circuit of the town and at length stopped in front of the theatre.

저녁 7시가 되자, 광장에서 마을 밴드가 음악을 시작하더니 마을을
한 바퀴 돌고나서 마침내 극장 앞에서 멈췄다.

The resounding march inspired the souls of passers-by.
밴드의 시끌벅적한 행진은 거리를 지나던 행인들의 관심을 고취시
켰다.

The women curbed their impatience within the folds of
their beautiful silk garments.
여자들은 자신들의 아름다운 비단옷을 내어 입고 내숭을 떨고 있었
다.

The room filled up rapidly.
방은 빠르게 채워졌다.

The gallery was radiant with a sparkling aureole of
married and unmarried women.
그곳에 모인 여자들은, 결혼했든 안 했든, 모두 반짝이는 자태로 갤
러리는 빛이 나는 듯하였다.

Teodolinda Pomarici, a sentimental, lymphatic
elocutionist, sat near Fermina Memura, called "The
Masculine."
감상적이며 창백한 피부를 가지고 있던 웅변가 테오돌린다 포마리
치는 "수컷"이라고 불리는 페르미나 메무라 근처에 앉았고,

The Fusilli girls, arrived from Castellamare, tall maidens
with very black eyes, all clothed in a uniform, pink
material, with hair braided down their backs, laughed
loudly and gesticulated.
카스텔라마레에서 도착한 푸실리 소녀들은, 매우 검은 눈을 가지고
있었고 키가 컸는데, 모두 분홍색 유니폼을 입고 있었으며, 땋은 머
리를 등 쪽으로 내리고, 몸짓을 섞어 가며 큰 소리로 웃고 있었다.

Emilia d'Annunzio used her beautiful lion-like eyes, with an air of infinite fatigue.
에밀리아 단눈치오는 사자를 닮은 아름다운 눈으로 아주 피곤한 듯한 분위기를 연출하고 있었고,

Marianina Cortese made signs with her fan to Donna Rachele Profeta who sat in front of her.
마리아니나 코르테제는 앞에 앉아 있던 도나 라케레 프로페타에게 자신의 부채로 손 인사를 했다.

Donna Rachele Bucci argued with Donna Rachele Carabba on the subjects of speaking tables and spiritualism.
도나 라케레 부치와 도나 라케레 카라바는 연설대와 심령술에 대해 논쟁하고 있었으며,

The school-mistresses Del Gado, both clothed in changeable silk with mantillas of most antique fashion, and with diverse coiffures glittering with brass spangles, remained silent, compunctious, almost stunned by the novelty of this experience, almost repentant for having come to so profane a spectacle.
델 가도 학교 선생들 두 명은 보는 각도에 따라 빛깔이 달라지는 비단옷을 입고 아주 옛날 방식의 비단 베일을 썼으며 황동 스팽글이 반짝이는 색다른 머리 스타일을 하고 조용히 앉아 있었는데, 이렇게 새로운 방식으로 치장한 것에 죄책감으로 거의 기절할 듯하였고, 자신들의 이토록 세속적인 모습에 거의 참회하는 듯한 분위기였다.

Costanza Lesbu coughed continuously, shivering under her red shawl, very pale, very blond and very thin.
붉은 솔 아래로 몸을 떨며 계속해서 기침하는 코스탄자 레스부는 매우 창백하고 샛노란 금발에 매우 마른 여자였다.

In the foremost chairs of the pit sat the wealthiest citizens.
무대와 제일 가까운 좌석들은 돈 많은 사람들이 차지하였다.

Don Giovanni Ussorio was most prominent because of his well-groomed appearance, his splendid black and white checkered trousers, his coat of shining wool, his quantity of false jewelry on fingers and shirt-front.
돈 지오반니 웃소리오는 잘 다듬어진 외모, 화려한 흑백 체크 무늬 바지, 빛나는 양모 코트, 손가락과 셔츠 앞부분의 많은 가짜 장신구들로 가장 눈에 띄었다.

Don Antonio Brattella, a member of the Areopagus of Marseilles, a man exhaling importance from every pore and especially from the lobe of his left ear, which was as thick as a green apricot, recited in a loud voice the lyric drama of Giovanni Peruzzini, and his words as they fell from his lips acquired a certain Ciceronian resonance.
마르세이유 아레오파고스의 일원인 돈 안토니오 브라텔라는, 온몸에서, 특히 푸른 살구만큼 두꺼운 왼쪽 귓볼에서 권위가 느껴지는 사람이었는데, 지오반니 페루치니의 가극을 큰 소리로 낭독했으며, 그의 입에서 나오는 단어들은 장중하게 울려 퍼졌다.

The auditors, lolling in their chairs, stirred with more or less impatience.
의자에 축 늘어져 앉아 있던 청중들이 몸을 들썩이며 동요하기 시작했다.

Dr. Panzoni wrestled all to no purpose with the wiles of sleep, and from time to time made a noise that blended with the "la" of the tuning instruments.
의사 판조니는 잠에 취해 이따금 소리를 냈는데 그 소리는 악기들의 튜닝음 "라"와 뒤섞였다.

"Pss! psss! pssss!"
"쉿! 쉿! 쉿!"

The silence in the theatre grew profound.
극장 안은 고요해졌다.

At the lifting of the curtain the stage was empty.
장막이 올라가고 빈 무대가 드러나고,

The sound of a Violoncello came from the wings.
무대 측면에서는 첼로 소리가 들렸다.

Tilde appeared and sang.
틸드가 나타나 노래를 불렀다.

Afterwards Sertorio came out and sang.
이어 세르토리오가 나와 노래를 불렀다.

After him, a crowd of supernumeraries and friends, entered and intoned a song.
그의 뒤를 이어 한 무리의 단역 배우들과 친구들이 등장하여 노래를 읊었다.

After them, Tilde drew toward a window and sang:
그 후, 틸드가 창문 쪽으로 다가가 노래를 불렀다.

"Oh how tedious the hours
"오, 얼마나 지루한 시간인가

To the desirous one...!"
갈망하는 사람에게...!"

In the audience a slight movement was perceptible, since all felt a love duet to be imminent.

관객들이 약간 술렁이기 시작했다. 사랑의 듀엣이 임박했다고 모두 느꼈기 때문이었다.

Tilde, in truth, was a first soprano, none too young; she wore a blue costume, had a blond wig that insufficiently covered her head, and her face, whitened with powder, resembled a raw cutlet besprinkled with flour and partially hidden behind a hempen wig.

틸드가, 사실, 첫 번째 소프라노였는데, 그렇게 젊지는 않았다. 그녀는 파란색 의상을 입고 머리를 충분히 덮지 못하는 금발 가발을 썼고, 얼굴은 하얗게 분말을 발라 밀가루를 입힌 생 돈가스처럼 보였으며 삼으로 만든 가발로 얼굴 일부분만을 가렸다.

Egidio came on.

에지디오가 나왔다.

He was the young tenor.

그는 젊은 테너였다.

As he had a chest singularly hollow and legs slightly curved, he resembled a double-handed spoon upon which hung a calf's head, scraped and polished like those which one sees at times over the butcher-shops.

그는 안장다리인 데다가 가슴이 움푹 꺼져 있어서, 정육점에서 흔히 볼 수 있는, 송아지 머리를 매달려는 용도로 양손을 사용해야 하는 광택 나고 긁힌 자국이 있는 숟가락을 닮았었다.

He began:

그가 시작했다.

"Tilde! thy lips are mute,
"틸드! 당신은 말을 하지 않군요,

Thy lowered glances dismay me,
고개를 떨궈 저를 실망하게 하네요,

Tell me, why you delay me?
말해 주세요, 왜 저를 잡나요?

Why do I see thy hand now
왜 당신 손이 지금

A-tremble?
떨리고 있나요?

Why should that be?"
왜 그렇나요?"

And Tilde, with great force of sentiment, replied:
그러자 틸드는 감정이 복받쳐 대답한다.

"At such a solemn moment, how
"그렇게 엄숙한 순간에, 어떻게

Can you ask why of me?"
제게 이유를 물을 수 있나요?"

The duet increased in tenderness.
듀엣은 한층 부드럽게 노래하였다.

The melody of the cavalier Petrella delighted the ears of
the audience.
기사 페트렐라의 멜로디가 청중의 귀를 즐겁게 했다.

All of the women leaned intently over the rails of the gallery and their faces, throbbing in the green reflection of the flags, were pallid.
모든 여자들은 완전히 몰입되어 갤러리의 난간에 기대어 있었고, 깃발들의 녹색이 반사되어, 두근대는 심정으로, 그들의 얼굴은 창백하게 보였다.

"Like a journey from paradise
"낙원을 떠날 때처럼

Death will appear to us."
죽음이 우리에게 모습을 드러낼 것입니다."

Tilde appeared; and now entered, singing, the Duke Carnioli, who was a man fat, fierce, and long haired enough, to be suited to the part of baritone.
틸드가 등장했다. 그리고 노래를 부르며 공작 카르니올리가 들어섰다. 그는 바리톤에 어울리는 뚱뚱하고 성격이 사나우며 긴 머리를 하고 있었다.

He sang with many flourishes, running over the syllables, sometimes moreover boldly suppressing.
그는 여러 번 과장된 동작으로 노래 음절 위를 내달리며 노래했고, 가끔은 눈에 띄게 절제된 모습을 보여 주기도 하였다

"Dost thou not know the conjugal chain
"당신은 모르십니까? 부부의 사슬이

Is like lead on the feet?"
다리에 묶인 납과 같다는 것을... "

But, when in the song, he mentioned at length the

Countess of Amalfi, a long applause broke from the audience.
그러나, 노래에서 그가 아말피 백작 부인에 대해 길게 노래했을 때, 청중들로부터 긴 박수가 터져 나왔다.

The Countess was desired, demanded.
사람들은 백작 부인을 원하고 바랬던 것이다.

Don Giovanni Ussorio asked of Don Antonio Brattella:
돈 지오반니 웃소리오가 돈 안토니오 브라텔라에게 물었다.

"When is she coming?"
"그녀는 언제 나오나요?"

Don Antonio, in a lofty tone, replied:
돈 안토니오는 고상한 말투로 대답했다.

"Oh!
"오!

Dio mio, Don Giova!
이런 세상에, 돈 지오바!

Don't you know?
모르세요?

In the second act!
2막에서 나와요!

In the second act!"
2막요!"

The speech of Sertorio was listened to with half-

impatience.
세르토리오의 연설 장면은 그저 그렇게 지나갔다.

The curtain fell in the midst of weak applause.
약한 박수 속에 막이 내렸다.

Thus began the triumphs of Violetta Kutufa.
드디어 비올레타 쿠투파의 화려한 등장이 시작된 것이다.

A prolonged murmur ran through the pit, through the gallery, and increased when the audience heard the blows of the scene-shifters' hammers behind the curtain.
소근거리는 소리가 오랫동안 객석을 가로질렀으며 장막 뒤의 무대 제작자들이 망치를 두드리는 소리가 들리자 소곤거리는 소리는 더 커졌다.

That invisible hustling increased their expectation.
그렇게 보이지 않는 곳에서 나는 소리는 관객들의 기대감을 한층 높였다.

When the curtain went up a kind of spell held the audience in its grip.
막이 오르자, 관객들은 마법에 사로잡힌 듯했다.

The scenic effect was marvellous.
무대 효과는 놀라울 정도였다.

Three illuminated arches stretched themselves in perspective, and the middle one bordered a fantastic garden.
세 개의 조명을 받는 아치가 원근법을 고려해 펼쳐져 있었고, 가운데 하나는 환상적인 정원과 접해 있었다.

Several pages were dispersed here and there, and were
bowing.
시동들이 여기저기 흩어져 절을 하고 있었다.

The Countess of Amalfi, clothed in red velvet, with her
regal train, her arms and shoulders bare, her face ruddy,
entered with agitated step and sang:
빨간 벨벳 옷을 입은 아말피 백작 부인은, 여왕처럼 드레스를 늘어
뜨리고, 팔과 어깨를 드러내고 얼굴은 붉게 달아오른 채, 불안한 발
걸음으로 등장해서 노래했다.

"It was an evening of ravishment, which still
"황홀한 저녁이었죠. 여전히

Fills my soul...."
저의 영혼을 가득 채우네요"

Her voice was uneven, sometimes twanging, but always
powerful and penetrating.
그녀의 목소리는 고르지 않았고 때로는 콧소리가 섞이기도 했지만,
항상 강력하고 날카로웠으며,

It produced on the audience a singular effect after the
whine of Tilde.
틸드가 흐느껴 울고 난 후에는 관중들에게 특히 효과가 있었다.

Immediately the audience was divided into two factions;
the women were for Tilde, the men for Leonora.
즉시 관중들은 두 쪽으로 나뉘었다. 여자는 틸드, 남자는 레오노라
편이었다.

"He who resists my charms
"저의 매력에 저항하기가

Has not easy matter...!"
쉽지 않을 거예요."

Leonora possessed in her personality, in her gestures, her movements, a sauciness that intoxicated and kindled those unmarried men who were accustomed to the flabby Venuses of the lanes of Sant' Agostino, and to those husbands who were wearied with conjugal monotony.
레오노라는 그녀의 성격, 몸짓, 동작에서 산타 고스 티노의 축 늘어진 몸매의 여자들에게 익숙한 미혼 남자들이나 단조로운 부부 관계에 지친 남편들을 도취시키고 열광시키는 도도함이 있었다.

All gazed at the singer's every motion, at her large white shoulders, where, with the movements of her round arms, two dimples tried to smile.
모두가 그녀의 모든 동작과 크고 하얀 어깨를 응시했고, 그녀가 풍만한 팔을 움직일 때면 양 볼의 보조개들은 미소로 바뀌었다.

At the end of her solo, applause broke forth with a crash.
그녀의 솔로가 끝나자 우뢰와 같은 박수가 터져 나왔다.

Later, the swooning of the Countess, her dissimulation before the Duke Carnioli (the leader of the duet), the whole scene aroused applause.
그 후, 백작 부인이 기절하는 장면과 그녀가 카르니오리 공작(듀엣의 리더) 앞에서 시치미를 띠는 장면은 박수를 불러일으켰다.

The heat in the room had become intense; in the galleries fans fluttered confusedly, and among the fans the women's faces appeared and disappeared.
극장안의 열기가 더해졌다. 갤러리 안에서는 여기저기서 부채질을 하고 있었으며, 여자들 얼굴은 부채에 가려 가끔 보이지 않기도 하였다.

When the Countess leaned against a column in an attitude of sentimental contemplation, illuminated by the calcium light, and Egidio sang his gentle love song, Don Antonio Brattella called loudly, "She is great!"
백작 부인이 석회광 조명을 받으며 감상에 빠져 기둥에 기대어 있고 에지디오가 부드러운 사랑의 노래를 부르자, 돈 안토니오 브라텔라는 큰소리로 외쳤다, "훌륭하네요!"

Don Giovanni Ussorio, with a sudden impulse, fell to clapping his hands alone.
돈 지오반니 웃소리오는 갑자기 충동적으로 혼자 손뼉을 치기 시작했다.

The others shouted at him to be silent, as they wished to hear.
다른 사람들은 그에게 조용히 하라고 소리쳤다, 노래를 듣고 싶었던 것이다.

Don Giovanni became confused.
돈 지오반니는 혼란스러워졌다.

"All is for love, everything speaks:
"이 모든 것이 사랑을 위해 존재합니다. 모든 것이 말해 주네요.

The moon, the zephyrs, the stars, the sea...."
달, 산들바람, 별, 바다..."

The heads of the listeners swayed with the rhythm of this melody of the Petrella style, even though the voice of Egidio was indifferent; and even though the light was glaring and yellowish their eyes drank in the scene.

에지디오의 목소리는 그저 그랬지만 페트렐라 스타일의 이 멜로디의 리듬을 따라 관중들은 머리를 흔들었고, 조명은 눈부시고 누르스름했지만 눈으로는 장면을 빨아들일 듯이 지켜보고 있었다.

But when, after this last contrast of passion and seduction, the Countess of Amalfi, walking toward the garden, took up the melody alone, the melody that still vibrated in the minds of all, the delight of the audience had risen to such a height that many raised their heads and inclined them slightly backward as if to trill together with the siren, who was now concealed among the flowers.
그러나 열정과 유혹을 대조적으로 보여준 이 장면 이후, 아말피 백작 부인이 정원을 향해 걸어가다가, 여전히 모든 사람의 마음에 맴돌고 있는 선율을 홀로 부르는 장면에서, 관중들의 기쁨은 극에 달해서, 지금은 꽃들 사이에 숨겨져 있는 아름다운 목소리의 요부와 함께 높은 음을 노래하려는 듯 고개를 들고 몸을 약간 뒤로 기울였다.

She sang:
그녀가 노래했다.

"The bark is now ready ... ah, come beloved!
"돛단배가 준비되었습니다... 아, 사랑하는 이여 오세요!

Is not Love calling ... to live is to love?"
사랑이 속삭이지 않나요... 살아야지 사랑할 수 있다고?"

At this climax, Violetta Kutufa made a complete conquest of Don Giovanni Ussorio, who beside himself, seized with a species of passionate, musical madness, clamoured continuously:
이 절정의 장면에서 비올레타 쿠투파는 돈 지오반니 웃소리오를 완전히 사로잡았다. 그는 열정적이고 음악적인 광기에 사로잡혀 계속

해서 외쳤다.

"Brava!
"브라보!

Brava!
브라보!

Brava!"
브라보!"

Don Paolo Seccia called loudly:
돈 파올로 셋시아가 큰소리로 외쳤다.

"Oh, see here! see here!
"오, 여기 보세요! 여기요!

Ussorio has gone mad for her!"
웃소리오가 그녀에게 완전히 빠져 버렸어요!"

All the women gazed at Ussorio, amazed and confused.
모든 여자들은 신기해하며 혼란스러운 표정으로 웃소리오를 쳐다
보았다.

The school-mistresses Del Gado shook their rosaries
under their mantillas.
델 가도 선생들은 비단 베일 아래에서 묵주를 흔들었고,

Teodolinda Pomarici remained ecstatic.
테오도린다 포마리치는 여전히 황홀경에 빠져 있었다.

Only the Fasilli girls, in their red paint, preserved their
vivacity, and chattered, shaking their serpentine braids

with every movement.
모두 같이 빨간 옷을 입은 파실리 소녀들만이 활기를 유지하고 움직일 때마다 뱀 모양을 한 많은 머리를 흔들며 수다를 떨었다.

In the third act, neither the dying sighs of Tilde, whom the women defended, nor the rebuffs of Sertorio and Carnioli, nor the songs of the chorus, nor the monologue of the melancholy Egidio, nor the joyfulness of the dames and cavaliers, held any power to distract the public from the preceding voluptuousness.
3막에서는, 여자 관객들이 옹호하던 틸드의 죽어가는 한숨도, 세르토리오와 카르니오리의 거절도, 합창단의 노래도, 우울한 에지디오의 독백도, 귀부인들과 기사들의 환희도 이전 장면의 요염함을 잊게 만들 수는 없었다.

"Leonora!
"레오노라!

Leonora!
레오노라!

Leonora!" they cried.
레오노라!" 관중들은 환호하였다.

Leonora reappeared on the arm of the Count of Lara and descended from a pavilion.
레오노라는 라라 백작의 팔에 안겨 다시 나타나 정자에서 내려왔다.

Thus she reached the very culmination of her triumph.
이렇게 그녀는 청중들을 완전히 사로잡게 되었다.

She wore now a violet gown, trimmed with silver ribbons

and enormous clasps.
그녀는 이제 은색 리본과 거대한 걸쇠로 장식된 보라색 가운을 입고 있었다.

She turned to the pit, while with her foot she gave a quick, backward stroke to her train, and exposed in the act her instep.
그녀는 객석으로 몸을 돌리면서 늘어진 드레스를 재빠르게 뒤로 돌려놓고 자신의 발등을 드러냈다.

Then, mingling with her words, a thousand charms and a thousand affectations, she sang half-jestingly,
그런 다음 그녀는 이루 말할 수 없는 매력과 사랑스러움을 다해 대사를 이어갔으며, 장난스럽게 노래했다.

"I am the butterfly that sports within the flowers...."
"저는 나비예요, 꽃들 속을 날아다니죠..."

The public grew almost delirious at this well-known song.
사람들은 이 잘 알려진 노래를 부르자 거의 넋이 나간 듯했다.

The Countess of Amalfi, on feeling mount up to her the ardent admiration of the men, became intoxicated, multiplied her seductive gestures, and raised her voice to the highest altitude of which she was capable.
아말피 백작 부인은 남자들의 열렬한 존경을 느끼자, 도취하여, 그녀의 유혹적인 몸짓을 더 하고 그녀가 할 수 있는 가장 높은 음을 냈다.

Her fleshly throat, uncovered, marked with the necklace of Venus, shook with trills.
비너스의 목걸이를 한 채로 드러나 있는 그녀의 살집 있는 목은 트릴로 떨리고 있었다.

"I, the bee, who alone on the honey is nourished,
"저는 꿀벌, 혼자 꿀을 빨고

Am inebriate under the blue of the sky...."
푸른 하늘 아래 혼자 취하죠..."

Don Giovanni Ussorio stared with so much intensity, that his eyes seemed to start from their sockets.
돈 지오반니 웃소리오는 너무 강렬히 지켜보고 있어서 그의 눈은 안구에서 튀어나올 듯했다.

The Baron Cappa was equally enchanted.
카파 남작도 똑같이 매혹되었다.

Don Antonio Brattella, a member of the Areopagus of Marseilles, swelled and swelled, until at length burst fro-m him the exclamation:
마르세유 아레오파고스의 일원인 돈 안토니오 브라텔라의 가슴은 부풀 대로 부풀어 올라, 마침내 터질 듯이 감탄을 내뱉었다.

"Colossal!"
"엄청나네요!"

III

Thus, Violetta Kutufa made a conquest of Pescara.
이렇게 비올레타 쿠투파는 페스카라를 정복했다.

For more than a month performances of the opera of the Cavalier Petrella, continued with ever increasing popularity.
한 달 이상 동안 카발리에 페트렐라 오페라 공연은 점점 인기가 높아지고 있었다.

The theatre was always full, even packed.
극장은 항상 만원이었고 심지어 미어터질 정도였다.

Applause for Leonora broke out furiously at the end of every song.
레오노라는 노래가 끝날 때마다 엄청난 박수를 받았다.

A singular phenomenon occurred; the entire population of Pescara seemed seized with a species of musical mania; every Pescarenican soul became inclosed in the magic circle of one single melody, that of the butterfly that sports among the flowers.
특이한 현상이 발생했다. 페스카라의 모든 사람은 일종의 음악적 광기에 사로잡혀 있는 것처럼 보였다. 모든 사람들이 하나의 멜로디, 즉 꽃들 사이를 날아다니는 나비의 마법의 고리에 갇히게 된 것이다.

In every corner, at every hour, in every way, in every possible variation, on every instrument, with an astounding persistency, that melody was repeated; and the person of Violetta Kutufa became the symbol of those musical strains, just as-God pardon the comparison-the harmony of the organ suggests the soul of paradise.
마을의 모든 곳에서, 모든 시간, 모든 방식, 모든 변주 형태, 모든 악기로 놀라운 정도로 끊임없이 그 멜로디가 반복되었고, 비올레타 쿠투파라는 사람은 이런 음악적 현상의 상징이 되어 갔다. 마치 - 감히 비교한다면 - 오르간의 화음이 낙원의 영혼을 암시하는 것처럼.

The musical and lyrical comprehension, which in the southern people is instinctive, expanded at this time

without limit.
남부 지방 사람들에게는 본능적이라고 할 수 있는 음악적, 서정적
이해가 이때만큼 확장되었던 적은 없었다.

The street gamins whistled everywhere; all the amateur
musicians put forth their efforts, Donna Lisitta Menuma
played the tune on the harpsichord from dawn until
dusk, Don Antonio Brattella played it on the flute, Don
Domenico Quaquino, on the clarionette, Don Giacomo
Palusci, the priest, on an old rococo spinet, Don
Vincenzio Rapagneta on his violoncello, Don Vincenzio
Ranieri on the trumpet, Don Nicola d'Annunzio, on his
violin.
거리의 부랑아들은 사방에서 휘파람으로 따라 했으며, 모든 아마추
어 음악가들도 마찬가지였다. 돈나 리시타 메누마는 새벽부터 황혼
까지 하프시코드로 멜로디를 연주했고, 돈 안토니오 브라텔라는 플
루트로, 돈 도네미코 쿼쿼노는 클라리오네트로, 신부인 돈 지아코
모 파루치는 옛날 로코코식의 하프시코드로, 돈 빈센지오 라파그네
타는 바이올린첼로로, 돈 빈센지오 라니에리는 트럼펫으로, 돈 니
콜라 다눈지오는 자신의 바이올린으로 연주했다.

From the towers of Sant' Agostino to the Arsenal, and
from Pescheria to Dogana the multifold sounds mingled
together and became a discord.
산타 고스 티노의 탑에서 아스날까지, 또한 페스체리아에서 도가나
까지 다양한 소리가 뒤섞여 불협화음이 되었다.

In the early hours of the afternoon the district had the
appearance of some large hospital for incurable madness.
이른 오후 동안, 그 지역은 치료되지 않는 광기를 다루는 커다란 병
원처럼 느껴졌다.

Even the grinders sharpening knives on their wheels tried

to maintain a rhythm in the shriek of the metal and the whetstone.
심지어 바퀴로 칼을 가는 사람들도 칼과 숫돌의 새된 소리 속에서도 리듬을 유지하려고 애썼다

As it was the time of the carnival, a public festival was given in the theatre.
카니발 기간이었으므로, 극장에서 축제가 열렸다.

Shrove Thursday, at ten in the evening, the room blazed with wax-candles, smelt strongly of myrtle and glittered with mirrors.
참회 목요일 저녁 10시, 방에서는 밀랍 양초가 타오르고 도금양 향이 강하게 풍기며 거울들은 반짝거렸다.

The masked revellers entered in crowds.
가면을 쓴 취객들이 군중 속으로 들어왔다.

Punchinellos predominated.
펀치넬로스가 두드러져 보였다.

From a platform enveloped in green draperies, marked with constellations of stars of silver paper, the orchestra began to play and Don Giovanni Ussorio entered.
은색 종이 별자리들로 표시된 녹색 휘장으로 감싼 단상에서는 오케스트라가 연주를 시작했고, 돈 지오반니 웃소리오가 들어왔다.

He was dressed like a grandee of Spain, and had the appearance of a very fat Count of Lara.
그는 스페인의 귀족처럼 옷을 입었으며 라라 백작처럼 매우 뚱뚱했다.

A blue cap with a long, white plume covered his baldness,

a short coat of red velvet garnished with gold rippled over his shoulders.
길고 흰 깃털이 달린 파란색 모자가 그의 대머리를 가리고 있었고, 그의 어깨 위로는 금으로 장식된 짧은 빨간 벨벳 코트가 살랑대고 있었다.

This costume accentuated the prominence of his stomach and the skinniness of his legs.
이 옷은 그의 뱃살과 얄팍한 다리를 두드러지게 하였다.

His locks, shining with cosmetic oils, resembled an artificial fringe bound around his cap, and they were blacker than usual.
그의 한 줌 안 되는 머리채는 기름을 발라 번쩍이고 있어서, 모자에 달린 인조 장식과 비슷했고, 평소보다 더 까맸다.

An impertinent Punchinello, on passing him, cried in a disguised voice:
버릇없는 펀치넬로가 그를 지나치며 목소리를 변조하여 외쳤다.

"How funny!"
"아이고, 웃겨라!"

He made a gesture of horror, so clownish, at this metamorphosis of "Don Giovanni," that much laughter burst forth from everyone in the vicinity.
그는, 돈 지오반니의 이런 모습에, 너무도 광대같이 놀란 척을 해서, 주변 사람들은 모두 깔깔대고 웃었다.

La Cicarina, all red paint under the black hood of her domino, like a beautiful flower of the flesh, laughed sonorously, while she tripped with two ragged harlequins.
가면 무도회복 검은색 두건 아래는 모두 새빨갛게 꾸며서 마치 한

딸기 꽃 같았던, 라 시카리나는 너무 웃다가 두 명의 누더기를 덮어
쓴 광대들 때문에 발을 헛디뎠다.

Don Giovanni, filled with anger, lost himself in the crowd
and sought Violetta Kutufa.
화가 잔뜩 난 돈 지오반니는 사람들 사이를 헤매면서 비올레타 쿠
투파를 찾았다.

The sarcasms of the other revellers pursued and wounded
him.
다른 사람들의 계속 빈정대는 모습이 그에게 상처를 주었다.

Suddenly he encountered another grandee of Spain,
another count of Lara.
그러다가 그와 같이 스페인 귀족처럼 차려입은 또 다른 라라 남작
을 만났다.

He recognised Don Antonio Brattella and, at this, received
a thrust in the heart.
그가 돈 안토니오 브라텔라인 걸 알고 조금 반가워하였다.

Already, between these two men, rivalry had broken loose.
이미, 이 두 사람 사이에 경쟁심이 사라진 지 오래되었다.

"How is the medlar?"
"모과는 좀 괜찮나요?"

Don Donato Brandimarte screamed venomously, alluding
to the fleshy protuberance that the member of the
Areopagus of Marseilles had on his left ear.
돈 도나토 브란디마르테가 악랄하게 소리를 질렀다, 그건 돈 안토
니오 브라텔라의 왼쪽 귀에 나 있는 두툼한 돌기를 의미하는 것이
었다.

Don Giovanni took a fierce pleasure in this insult.
돈 지오반니는 그가 이렇게 모욕받는 것이 너무 즐거웠다.

The rivals met face to face, scanned each other from head to foot, and kept their respective stations, the one always slightly withdrawn from the other, as they wandered through the crowd.
이들은 서로 마주 보면서, 머리부터 발끝까지 흘깃거리며, 각자의 위치에서, 서로 약간 떨어져, 사람들 사이를 거닐었다.

At eleven, an agitated flutter passed over the crowd.
열한 시가 되자, 사람들은 설렘으로 동요하였다.

Violetta Kutufa entered.
비올레타 쿠투파가 나타났기 때문이다.

She was dressed in Mephistophelian costume, in a black domino with long scarlet hood, and with a scarlet mask over her face.
그녀는 긴 주홍색 후드가 달린 검은색 가면 무도회복 안에 악마 의상을 입고, 얼굴에는 주홍색 가면을 쓰고 있었다.

The round, swan-like chin, the thick red mouth, shone through her thin veil.
동그랗고 백조 같은 턱, 두꺼운 붉은 입은 그녀의 얇은 베일 속에서도 빛났다.

The eyes, lengthened and rendered slightly oblique because of the mask, seemed to smile.
가면 때문인지 길어 보이고 약간 사시처럼 보이는 눈은 웃는 것 같았다.

All instantaneously recognised her and almost all made way for her; Don Antonio Brattella advanced caressingly on one side.
사람들은 모두 그녀를 즉시 알아보았고, 거의 모든 사람은 그녀가 지나가도록 비켜 주었으며, 돈 안토니오 브라텔라는, 한쪽에서, 어루만지는 듯이 앞으로 나아갔다.

On the other came Don Giovanni; Violetta Kutufa made a hasty survey of the rings that adorned the fingers of the latter, then took the arm of Brattella.
다른 쪽에서는 돈 지오반니가 다가왔다. 비올레타 쿠투파는 돈 지오반니의 손가락에 낀 반지에 빠르게 눈길을 주더니 브라텔라의 팔짱을 꼈다.

She laughed and walked with a certain sprightly undulation of the hips.
그녀는 웃으며 엉덩이를 씰룩대면서 걸어갔다.

Brattella, while talking to her in his customary, silly, vainglorious manner, called her "Contessa," and interspersed their conversation with the lyrical verses of Giovanni Peruzzini.
브라텔라는 그녀에게 관례적이고 어리석고 허영에 가득 차서 말을 건넸고, 그녀를 "백작 부인"이라 부르며 지오반니 페루찌니의 서정시 구절들을 중간중간 섞었다.

She laughed and leaned toward him, and pressed his arm suggestively, since the weaknesses of this ugly, vain man amused her.
그녀는 웃으면서 그에게 몸을 기댔고, 이 못생기고 허영심이 강한 남자의 약점이 그녀를 즐겁게 했기 때문에 도발적으로 그의 팔에 살짝 힘을 가했다.

At a certain point, Brattella, when repeating the words of the Count of Lara in the melodrama of Petrella, said or rather sang submissively:
어느 순간부터, 브라텔라는 반복적으로 페트렐라의 멜로 드라마에서의 라라 백작 대사를 인용하며 굽실거리듯이 말하거나 노래했다.

"Shall I then hope?"
"그럼, 제가 바래도 될까요?"

Violetta Kutufa answered in the words of Leonora:
비올레타 쿠투파도 레오노라의 대사로 응답했다.

"Who forbids you...?
"누가 당신을 막나요...?

Good-bye."
안녕히 가세요."

Then, seeing Don Giovanni not far away, she detached herself from this bewitching chevalier, and fastened upon the other, who already for some time had pursued with eyes full of envy and dislike, the windings of this couple through the crowd of dancers.
그리고 멀지 않은 곳에 돈 지오반니가 있는 것을 보고 그녀는 이 매혹적인 기사와 떨어져, 아까부터 무용수 사이를 이리저리 오가던 이 두 사람을 질투와 증오로 가득 찬 눈으로 지켜보고 있었던 그에게로 다가갔다.

Don Giovanni trembled like a youth under the glance of his first sweetheart.
돈 지오반니는 첫사랑의 시선을 받고 있는 젊은이처럼 떨었다.

Then, seized with a superabundant pride, he drew the

opera singer into the dance.
그러다가 과도한 자부심으로 오페라 가수에게 춤을 신청했다.

He whirled breathlessly around, with his nose against the
woman's chest, his cloak floating out behind, his plume
fluttering to the breeze, streams of perspiration mixed
with cosmetic oils filtering down his temples.
여자의 가슴에 코를 대고, 망토가 뒤로 흩날리며, 장식 깃털이 미풍
에 흔들리면서 빙글빙글 돌고 있었다. 땀과 화장품 오일이 섞여 물
줄기처럼 관자놀이를 따라 흘러내려 숨이 막힐 정도였다.

Exhausted, he stopped at length.
지친 그가 마침내 멈춰 섰다.

He reeled with giddiness.
그는 현기증에 몸을 비틀거렸다.

Two hands supported him and a sneering voice whispered
in his ear, "Don Giova, stop and recover your breath for a
minute!"
누군가 양 손으로 그를 잡고는 그의 귓가에 비웃으며 속삭였다. "돈
지오바, 잠시 멈추고 숨이나 쉬세요!"

The voice was that of Brattella, who in turn drew the fair
lady into the dance.
목소리의 주인공은 브라텔라였다. 그는 그 가수에게 이어서 춤을
신청했다.

He danced, holding his left arm arched over his hips,
beating time with his feet, endeavouring to appear as
light as a feather, with motions meant to be gracious, but
instead so idiotic, and with grimaces so monkey-like, that
everywhere the laughter and mockery of the Punchinellos

began to pelt down upon him.

그는 왼팔을 들어 엉덩이 위로 아치형으로 두르고, 발로 리듬을 맞추고, 깃털처럼 가볍게 보이려고 애쓰며, 우아하게 보이려고 했지만, 너무 멍청하게 보이는 동작과 원숭이 같은 찡그린 표정으로 춤을 추었기 때문에, 사방에서 웃음소리가 들렸고 펀치넬로스의 조롱이 그에게 쏟아졌다.

"Pay a cent to see it, gentlemen!"
"1센트 내고 보셔야 됩니다, 여러분!"

"Here is the bear of Poland that dances like a Christian!
"여기 기독교인 양 춤추는 폴란드 곰이 있습니다!

Gaze on him, gentlemen!"
그를 주목해주세요, 여러분!"

"Have a medlar?
"모과도 있나요?

Have a medlar?"
모과도 있어요?"

"Oh, see!
"예, 보세요!

See!
보세요!

An orangoutang!"
오랑우탄입니다!"

Don Antonio Brattella controlled himself with much dignity, still continuing his dance.

돈 안토니오 브라텔라는 위엄을 지키며 계속 춤을 추고 있었다.

Other couples wheeled around him.
다른 커플들이 그의 주위를 춤추며 맴돌고 있었다.

The room was filled with all kinds of people, and in the midst of the confusion the candles burned on, with their reddish flames lighting up the festoons of immortelles.
방에는 별의별 사람들이 다 모여 있었고, 이렇듯 혼란스러운 가운데 촛불이 타고 있었고 촛불의 붉은 불꽃이 드라이 플라워로 된 꽃줄들을 밝히고 있었으며,

All of this fluttering reflected itself in the mirrors.
거울들은 이 모든 소란을 비추고 있었다.

La Ciccarina, the daughter of Montagna, the daughter of Suriano, the sisters Montarano, appeared and disappeared, while enlivening the crowd with the beams of their fresh country loveliness.
라 시카리나와 몬타냐의 딸, 수리아노 딸, 몬타라노 자매들이 나타났다가 사라졌는데, 그들은 시골 여자들의 싱싱한 사랑스러움으로 사람들의 마음을 설레게 했다.

Donna Teodolinda Pomarici, tall and thin, clothed in blue satin, like a madonna, permitted herself to be borne about in a state of transport as her hair, loosened from its bands, waved upon her shoulders.
마돈나처럼 파란 공단을 입은 키가 크고 호리호리한 도나 테오데린다 포마리치는 머리가 머리띠에서 풀려 어깨 위로 물결치자, 이동 시에는 원래 그랬던 것처럼 내버려 두었다.

Costanzella Coppe, the most agile and indefatigable of the dancers, and the palest, flew from one extremity of the room to the other in a flash; Amalia Solofra, with hair almost aflame in colour, clothed like a rustic, her audacity almost unequalled, had her silk waist supported by a single band that outlined the connecting point of her arm; and during the dance, at intervals, one could see dark stains under her armpits.

가장 기민하고 지칠 줄 모르는 무용수이면서 가장 창백한 안색의 코스탄젤라 코페는 방 이쪽 끝에서 저쪽 끝으로 순식간에 날아다녔고, 불타는 듯한 머리색을 한 아말리아 소로프라는 촌사람처럼 옷을 입었는데, 그녀의 대담함은 따라올 사람이 없었다. 그녀의 비단옷 허리 부분은 팔을 연결하는 부분의 윤곽을 드러내는 띠 하나가 받치고 있어서, 춤추는 동안이나 잠시 쉬는 동안에는 그녀의 겨드랑이 아래쪽의 검은 얼룩들을 볼 수 있었다.

Amalia Gagliano, a beautiful, blue-eyed creature, in the costume of a sorceress, resembled an empty coffin walking vertically.

마법사 복장을 하고 아름답고 파란 눈을 한 아말리아 갈리아노는 수직으로 걸어가는 비어있는 관처럼 보였다.

A species of intoxication held sway over all these girls.

술기운 비슷한 것이 소녀들을 지배하는 듯했다.

They were fermenting in the warm, dense air, like adulterated wine.

그들은 물 탄 포도주처럼 따뜻하면서도 짙은 공기 속에서 발효되고 있었다.

The laurel and the immortelles gave out a singular odour, almost ecclesiastical.

월계수와 드라이 플라워에서는 독특한 냄새가 났는데 교회 냄새와 아주 비슷했다.

The music ceased, now all mounted the stairs leading to the refreshment-room.
음악이 멈추자, 사람들은 다과실로 이어지는 계단을 올라갔다.

Don Giovanni Ussorio came to invite Violetta to the banquet.
돈 지오반니 웃소리오는 비올레타 쿠투파를 연회에 초대하기 위해 왔다.

Brattella, to show that he had reached a state of close intimacy with the opera-singer, leaned toward her and whispered something in her ear, and then fell to laughing about it.
브라텔라는, 그녀와 친하다는 것을 보여주기 위해, 그녀에게 몸을 기대고 귓가에 무언가를 속삭이다가 웃기 시작했다.

Don Giovanni no longer heeded his rival.
돈 지오반니는 더이상 그의 경쟁자에게 신경을 쓰지 않았다.

"Come, Contessa," he said, with much ceremony, as he offered his arm.
"백작 부인이여, 오시죠," 격식을 갖춰 그는 팔을 내밀었다.

Violetta accepted.
비올레타는 이를 받아들였다.

Both mounted the stairs slowly with Don Antonio in the rear.
둘은 돈 안토니오를 뒤로하고 천천히 계단을 올라갔다.

"I am in love with you!"
"당신을 사랑합니다!"

Don Giovanni hazarded, trying to instil into his voice that note of passion, rendered familiar to him by the principal lover of a dramatic company of Chieti.
돈 지오반니는 위험을 감수하면서 자신의 목소리에, 키에티 극단이 연기해서, 자신도 잘 알고 있는, 정부 역을 흉내 내면서, 비슷하게 열정을 담으려고 하였다.

Violetta Kutufa did not answer.
비올레타 쿠투파는 대답하지 않았다.

She was amusing herself by watching the concourse of people near the booth of Andreuccio, who was distributing refreshments, while shouting the prices in a loud voice as if at a country-fair.
그녀는 다과를 나눠주며 마치 시장 장터처럼 커다란 소리로 가격을 외치고 있는 안드레우치오의 부스 근처에 모여있는 사람들을 즐거운 듯 바라보고 있었다.

Andreuccio had an enormous head with polished top, a nose that curved wondrously over the projection of his lower lip; he resembled one of those large paper lanterns in the shape of a human head.
안드레우치오는 위쪽이 대머리인 머리가 크고, 아랫입술이 툭 튀어나오고, 코는 심한 매부리코여서 사람 머리 모양을 한 커다란 종이 등 중 하나처럼 보였다.

The revellers ate and drank with a bestial greediness, scattering on their clothes crumbs of sweet pastry and drops of liquor.
술꾼들은 야수처럼 탐욕스럽게 먹고 마시고 달콤한 과자 부스러기와 술을 자신들의 옷에 흘렸다.

On seeing Don Giovanni, Andreuccio cried, "Signor, at

your service."
돈 지오반니를보고, 안드레우치오가 외쳤다. "나리, 잘 부탁드립니
다."

Don Giovanni had much wealth, and was a widower
without blood relations; for which reasons everybody was
desirous to be of service to him and to flatter him.
돈 지오반니는 재산이 많았고 혈연도 없는 홀아비였다. 그렇기 때
문에 사람들은 모두 자발적으로 그에게 도움이 되는 일을 하려고
했으며 아첨을 떨었다.

"A little supper," he answered.
"식사가 변변치 않네요," 라고 그가 대답했다.

"And take care...!"
"그럼 이만...!"

He made an expressive sign to indicate that the thing
must be excellent and rare.
그는 뭔가를 하려면 반드시 탁월하고 진귀해야 된다는 표정을 지어
보였다.

Violetta Kutufa sat down, and with a languid effort
removed her mask from her face and opened her domino
a little.
비올레타 쿠투파는 자리에 앉아 느슨하게 가면을 벗고 무도회 의상
을 조금 열었다.

Her face, surrounded by the scarlet hood, and animated
with warmth, seemed even more saucy.
진홍색 두건으로 싸인 그녀의 얼굴은 열기로 발그레해져 훨씬 더
선정적으로 보였고,

Through the opening of the domino one saw a species of pink tights that gave a suggestion of living flesh.
무도회 의상이 벌어져 있어, 분홍색 속옷 안의 그녀의 육체를 연상할 수 있었다.

"Your health!" exclaimed Don Pompeo Nervi, lingering before the well-furnished table, and seating himself at length, allured by a plate of juicy lobsters.
"건강을 기원합니다!"라고 외친 돈 폼페오 네르비는 잘 차려진 테이블 앞에 머뭇거리다가 군침이 도는 랍스터에 끌려 자리를 잡고 앉았다.

Then Don Tito de Sieri arrived and took a place without ceremony; also Don Giustino Franco, together with Don Pasquale Virgilio and Don Federico Sicoli appeared.
돈 티토 드 시에리가 도착해서는 바로 자리를 잡았고 돈 주스티노 프랑코가 돈 파스쿠알레 비르질리오, 돈 페데리코 시콜리와 함께 나타났다.

The group of guests at the table continued to swell.
테이블에 앉은 손님들의 수는 계속해서 불어났다.

After much tortuous tracing and retracing of his steps, even Don Antonio Brattella came finally.
우여곡절 끝에 이리 저리 헤매다가, 돈 안토니오 브라텔라도 도착했다.

These were, for the most part, habitual guests of Don Giovanni; they formed about him a kind of adulatory court, gave their votes to him in the town elections, laughed at every witticism of his, and called him by way of nickname, "The Director."
이들은 돈 지오반니를 늘 방문하는 사람들이었다. 그들은 그의 주변을 둘러싸서 그에게 아첨하는 일종의 마당 같은 것을 만들었고, 마을 선거에서 그에게 표를 줬으며, 그가 위트 있는 말을 하면 언제나 웃어주면서, 그를 "감독님"이라는 별칭으로 불렀다.

Don Giovanni introduced them all to Violetta Kutufa.
돈 지오반니는 그들 모두를 비올레타 쿠투파에 소개했다.

These parasites set themselves to eating with their voracious mouths bent over their plates.
이 기생충들은 탐욕스러운 입으로 접시 위로 몸을 구부린 채 먹고 있었다.

Every word, every sentence of Don Antonio Brattella was listened to in hostile silence.
사람들은 돈 안토니오 브라텔라의 모든 말, 모든 문장을 조용한 적개심을 갖고 듣고 있었지만,

Every word, every sentence of Don Giovanni, was recognised with complacent smiles and nods of the head.
돈 지오반니의 모든 말, 모든 문장에는, 미소를 짓고 고개를 끄덕이며 만족스럽게 듣고 있었다.

Don Giovanni triumphed in the centre of his court.
돈 지오반니가, 그의 충신들이 둘러싼 가운데, 승리한 것이다.

Violetta Kutufa treated him with affability, now that she felt the force of his gold; and now, entirely free from her hood, with her locks slightly dishevelled on forehead and neck, she indulged in her usual playfulness, somewhat noisy and childish.
비올레타 쿠투파는 그를 다정하게 대했다. 그의 황금의 힘을 느꼈기 때문이다. 후드를 완전히 벗어 이마와 목의 머리털은 부스스해진 채로 그녀는 늘상하던 대로 시끄럽고 유치하게 굴었다.

Around them the crowd moved restlessly.
그들 주변의 사람들도 조금도 가만히 있지를 못했다.

In the centre of it, three or four harlequins walked on the pavement with their hands and feet, and rolled like great beetles.
그 중심에서는 어릿광대 서너 명이 바닥에서 손과 발로 걷다가 큰 딱정벌레처럼 구르고 있었다.

Amalia Solofra, standing upon a chair, with her long arms bare to the elbows, shook a tambourine.
아말리아 소로프라는 의자 위에 올라서서 그녀의 긴 팔을 팔꿈치까지 걷어 붙인 채, 탬버린을 흔들었다.

Around her a couple hopped in rustic fashion, giving out short cries, while a group of youths stood looking on with eager eyes.
그녀 주변으로 한 쌍의 커플이 짧게 소리를 지르며 이상하게 깡충 깡충 뛰었는데, 그것을 한 무리의 젊은이들이 호기심에 가득 차 바라보고 서 있었다.

At intervals, from the lower room ascended the voice of Don Ferdinando Giordano, who was ordering the quadrille with great bravado.
때때로, 아래층에서 호기롭게 군무를 지시하는 돈 페르디난도 지오다노의 목소리가 들리기도 했다.

"Balance!
"좌우로!

Forward and back!
전후로!

Swing!"
전후좌우로!"

Little by little Violetta Kutufa's table became full to
overflowing.
조금씩 조금씩, 비올레타 쿠투파의 테이블이 차기 시작하더니 넘치
게 되었다.

Don Nereo Pica, Don Sebastiano Pica, Don Grisostomo
Troilo and others of this Ussorian court arrived; even to
Don Cirillo d'Amelio, Don Camillo d'Angelo and Don
Rocco Mattace.
돈 네레오 피카, 돈 세바스티아노 피카, 돈 그리소스토모 트로일로
와 웃소리오의 충신들이 도착했다. 돈 시릴로 다메리오, 돈 카미리
오 단젤로, 돈 로코 마타체도 왔다.

Many strangers stood about with stupid expressions, and
watched them eat.
그들을 알지 못하는 사람들은 멍한 표정으로 서서는 그들이 먹는
것을 지켜보았다.

Women were envious.
여자들은 부러운 듯 쳐다보았다.

From time to time a burst of rough laughter arose from
the table, and from time to time corks popped and the
foam of wine overflowed.
이따금 테이블에서는 거친 웃음소리가 터져 나왔고, 코르크 마개가
'펑'하고 뽑혀, 포도주 거품이 흘러넘쳤다.

Don Giovanni took pleasure in splashing his guests,
especially the bald ones, in order to make Violetta laugh.

돈 지오반니는 비올레타를 웃게 만들기 위해 손님들, 특히 대머리 손님들에게 포도주를 뿌리며 재미있어했다.

The parasites raised their flushed faces, and, still eating, smiled at their "Director" from under the foamy rain.
기생충들은, 쏟아지는 포도주 거품 비를 맞으며, 뻘게진 얼굴로 여전히 먹으면서 자신들의 "감독님"에게 미소를 지었다.

But Don Antonio Brattella, having taken offence, made as if to go.
그러나 돈 안토니오 브라텔라는 화를 내며 가는 척을 하니,

All of the feasters opposite him gave a low cry like a bark.
그 맞은 편의 사람들은 짐승들이 짖는 것처럼 웅얼거렸다.

Violetta called, "Stay."
비올레타가 "가지 마세요."라고 하자,

Don Antonio remained.
돈 안토니오는 자리에 남았다.

After this he gave a toast rhyming in quintains.
이 후 그는 다섯 번째 운율에 맞춰 건배를 제안했다.

Don Federico Sicoli, half intoxicated, gave a toast likewise in honour of Violetta and of Don Giovanni, in which he went so far as to speak of "divine shape" and "jolly times."
반쯤 취한 돈 페데리코 시코리도 역시 비올레타와 돈 지오반니에게 경의를 표하면서 "성상"과 "첫 경험"에 대해서 말하며 건배를 제안하기도 하였다.

He declaimed in a loud voice.
그가 큰소리로 외쳤다.

He was a man long, thin and greenish in colour.
그는 키가 크고, 마르고, 약간 푸르스름한 피부를 가지고 있었다.

He lived by composing verses of Saints' days and laudations for all ecclesiastical festivals.
그의 생업은 성인 기념일들과 교회 성일들을 위한 찬미가를 작곡하는 것이었는데,

Now, in the midst of his drunkenness, the rhymes fell from his lips without order, old rhymes and new ones.
지금 술에 취해 순서를 무시한 채 오래된 운율과 새로운 운율들을 내뱉고 있었다.

At a certain point, no longer able to balance on his legs, he bent like a candle softened by heat and was silent.
어느 순간, 더 이상 균형을 잡고 서 있을 수 없게 된 그가, 열에 녹은 촛불처럼 구부러져 조용해 지자,

Violetta Kutufa was overcome with laughter.
비올레타 쿠투파는 자지러졌다.

The crowd jammed around the table as if at a spectacle.
사람들은 마치 구경이나 난 듯이 테이블 주위로 모여들었다.

"Let us go," Violetta said at this moment, putting on her mask and hood.
"가시죠"라고 비올레타는 마스크와 후드를 쓰면서 말했다.

Don Giovanni, at the culmination of his amorous enthusiasm, all red and perspiring, took her arm.
색정에 불타올라 땀에 젖어 시뻘게진 돈 지오반니가 그녀의 팔을 잡았다.

The parasites drank the last drop and then arose confusedly behind the couple.

기생충들은 마지막 한 방울까지 입에 털어 넣고는, 부산하게 그들을 따라 일어났다.

IV

A few days after, Violetta Kutufa was inhabiting an apartment in one of Don Giovanni's houses on the town square, and much hearsay floated through Pescara.

며칠 후, 비올레타 쿠투파는 마을 광장에 있는 돈 지오반니의 집들 중 한 아파트에 거주하게 되자, 많은 풍문이 페스카라에 떠돌았다.

The company of singers departed from Brindisi without the Countess of Amalfi.

유랑극단은 아말피 백작 부인을 남겨두고 브린디시를 떠났다.

In the solemn, quiet Lenten days, the Pescaresi took a modest delight in gossip and calumny.

엄숙하고 조용한 사순절에도 페스카라 사람들은 소소한 험담과 중상을 늘어놓고 있었다.

Every day a new tale made the circuit of the city, and every day a new creation arose from the popular imagination.

날마다 새로운 이야기가 도시를 떠돌며, 날마다 사람들은 상상 속에서 없던 것들을 만들어냈다.

Violetta Kutufa's house was in the neighbourhood of Sant' Agostino, opposite the Brina palace and adjoining the palace of Memma.

비올레타 쿠투파 집은 산타 고스 티노 근처로써, 브리나 궁전 맞은

편, 멤마 궁전에 인접해있었다.

Every evening the windows were illuminated and the curious assembled beneath them.
매일 저녁, 창문에 불이 켜지면 호기심 어린 사람들이 그 아래에 모였다.

Violetta received visitors in a room tapestried with French fabrics on which were depicted in French style various mythological subjects.
비올레타는, 프랑스 방식의 다양한 신화 주제들을 묘사한 프랑스 직물로 장식된 방에서 방문객을 맞이했다.

Two round-bodied vases of the seventeenth century occupied the two sides of the chimney-piece.
17세기 두 개의 둥근 꽃병이 굴뚝 양쪽 선반 위에 놓여 있었고,

A yellow sofa extended along the opposite wall between two curtains of similar material.
비슷한 재질의 두 커튼 사이의 반대쪽 벽을 따라 노란색 소파가 길게 자리를 차지하였다.

On the chimney-piece stood a plaster Venus and a small Venus di Medici between two gilt candelabra.
굴뚝 선반 위, 두 개의 금 촛대 사이에는, 석고로 된 비너스상과 메디치 가문 풍의 작은 비너스상이 있었다.

On the shelves rested various porcelain vases, a bunch of artificial flowers under a crystal globe, a basket of wax fruit, a Swiss cottage, a block of alum, several sea-shells and a cocoanut.
선반 위에는 다양한 도자기 꽃병, 수정 구슬 아래의 조화 한 다발, 밀랍으로 된 과일을 담은 바구니, 스위스 오두막 모형, 명반 덩어

리, 조개 몇 개, 코코넛 등이 놓여 있었다.

At first her guests had been reluctant, through a sense of modesty, to mount the stairs of the opera singer.
처음에 그녀의 손님들은 살짝 조심스러운 마음이 들어 그 오페라 가수가 살고 있는 위층으로 올라가는 계단에 선뜻 나서지 못했지만,

Later, little by little, they had overcome all hesitation.
그 후, 조금씩, 그들은 주저하는 것을 극복해 나갔다.

Even the most serious men made from time to time their appearance in the salon of Violetta Kutufa; even men of family; and they went there almost with trepidation, with furtive delight, as if they were about to commit a slight crime against their wives, as if they were about to enter a place of soothing perdition and sin.
가장 성실한 남자들조차도 비올레타 쿠투파의 살롱에 때때로 모습을 드러내기도 하였다. 가정이 있는 사람들도 마찬가지였다. 그들은 그들의 아내에게 작은 범죄를 저지르려는 것처럼, 혹은 멸망과 죄의 장소에 들어가려고 하는 것처럼, 은밀한 기쁨과 두려움으로 그곳으로 향했다.

They united in twos and threes, formed alliances for greater security and justification, laughed among themselves and nudged one another in turn for encouragement.
그들은 자신들의 행동을 합리화하고 서로 안심시키기 위해 두 명, 세 명씩 모여, 팔꿈치로 꾹꾹 찔러가며 서로 격려하고 있었다.

Then the stream of light from the windows, the strains from the piano, the song of the Countess of Amalfi, the voices and applause of her guests excited them.

이어, 창문에서 새어 나오는 불빛, 피아노에서 흘러나오는 소리, 아말피 백작 부인의 노래, 그녀를 찾은 사람들의 목소리와 박수 소리가 그들을 흥분시켰다

They were seized with a sudden enthusiasm, threw out their chests, held up their heads with youthful pride and mounted resolutely, deciding that after all one had to taste of life and cull opportunities for enjoyment.
그들은 갑작스럽게 열정에 사로잡혀, 가슴을 내밀고, 젊음의 자신감으로 머리를 들고 단호하게 계단을 오르며, 인생을 맛보고 즐길 기회를 놓치지 않겠다고 결심했다.

But Violetta's receptions had an air of great propriety, were almost formal.
비올레타는 매우 예의를 차리며 형식적으로 사람들을 맞이했다.

She welcomed the new arrivals with courtesy and offered them syrups in water and cordials.
그녀는 새로 도착한 사람들을 정중하게 환영하고 그들에게 시럽을 탄 물과 강장제를 제공했다.

The newcomers remained slightly astonished, did not know quite how to behave, where to sit, what to say.
새로 들어 온 사람들은 약간 놀라서, 어떻게 행동해야 할지, 어디에 앉아야 하고, 무슨 말을 해야 할지 몰랐다.

The conversations turned upon the weather, on political news, on the substance of the Lenten sermons, on other matter-of-fact and tedious topics.
그래서 그들은 날씨나, 정치, 사순절 설교의 내용 같은 실제적이고 지루한 주제에 관해 이야기를 나누었다.

Don Giuseppe Postiglioni spoke of the pretensions of

the Prussian Prince Hohenzollern to the throne of Spain;
Don Antonio Brattella delighted in discoursing on the
immortality of the soul and other inspiring matters.
돈 주세페 포스티글리오니는 스페인 왕위에 오른 프로이센 호엔촐
레른 왕자의 허세에 대해 이야기했으며, 돈 안토니오 브라텔라는
영혼의 불멸이나 다른 영감을 주는 문제에 대해 즐겁게 이야기했
다.

The doctrine of Areopagite was stupendous.
아레오파기타 교리에 대한 내용은 대단했다.

He spoke slowly and emphatically, from time to time,
pronouncing a difficult word rapidly and eating up the
syllables.
그는 천천히 단호하게 이야기를 했으며, 이따금 어려운 단어를 빠
르게 발음하면서 몇몇 음절은 건너뛰기도 했다.

To quote an authentic report, one evening, on taking a
wand and bending it, he said:
어느 날 저녁에는, 그럴듯한 어떤 이야기를 하면서, 지팡이를 들고
구부리며,

"Oh, how fleible!" for flexible; another evening, pointing
to his plate and making excuses for not being able to play
the flute, he vouchsafed:
잘 구부려지다를 "얼마나 잘 구우려지나요!"로 말하기도 했고, 또
다른 날 저녁에는, 자신의 입천장을 가리키며 플루트를 연주할 수
없는 것에 대해 변명하면서,

"My entire p-l-ate is inflamed!" and still another evening,
on indicating the shape of a vase, he said that in order to
make children take medicine, it was necessary to scatter
with some sweet substance the origin of the glass.

"내 입-언-장 전체에 염증이 났어요!"라고 말하기도 했으며, 또 다른 저녁에는 꽃병 모양에 대해서 말하면서, 아이들이 약을 먹게 하려면 유리를 만들 때 달콤한 것도 섞어 넣어야 한다고 말을 하기도 했다.

At intervals Don Paolo Seccia, incredulous soul, on hearing singular matters recounted, jumped up with:
이런 이야기를 듣자 돈 파올로 셋시아는 믿지 못하겠다는 듯이 벌떡 일어나서 말했다.

"But Don Anto, what do you mean to say?"
"돈 안토, 도대체 그게 무슨 말인가요?"

Don Antonio repeated his remark with a hand on his heart and a challenging expression, "My testimony is ocular!
돈 안토니오는 가슴에 손을 얹고 도전적인 표정으로 자신의 말을 되풀이했다, "내가 말한 것은 확실한 거예요.

Entirely ocular."
아주 확실하죠."

One evening he came, walking with great effort and carefully, painstakingly prepared to sit down; he had "a cold, the length of the spine!"
어느 날 저녁 그는 아주 힘들고 조심스럽게 걸어 들어와서는, 아주 공들여서 앉을 준비를 하였다. "감기에 걸렸고 허리가 길었기 때문이다."

Another evening he arrived with the right cheek slightly bruised; he had fallen "underhand"; in other words, he had slipped and struck his face on the ground.
또 다른 저녁에는 그는 오른쪽 뺨에 약간 멍이 든 채로 들어왔다. "손도 쓰지 못하고" 쓰러졌기 때문이었다. 다시 말해 미끄러져서 얼굴을 바닥에 부딪혔던 것이다.

Thus were the conversations of these gatherings made up.
그렇게 시시껄렁한 이야기가 그들의 대화 내용이었다.

Don Giovanni Ussorio, always present, had the airs of a proprietor; every so often he approached Violetta with ostentation and murmured something familiarly in her ear.
돈 지오반니 웃소리오는, 그런 곳에는 언제나 있었기 때문에, 주인 같은 분위기가 났으며, 가끔 비올레타에게 허세를 부리며 다가가 그녀의 귀에 친한 듯이 뭔가를 중얼거렸다.

Long intervals of silence occurred, during which Don Grisostomo Troilo blew his nose and Don Federico Sicoli coughed like a consumptive, holding both hands to his mouth and then shaking them.
긴 침묵이 흘렀다. 그동안 돈 그리소토모 트롤리오는 코를 풀고, 돈 페데리코 시콜리는 두 손을 입에 대고 폐결핵 환자처럼 기침을 하고는 손을 털었다.

The opera-singer revived the conversation with accounts of her triumphs at Corfu, Ancona and Bari.
오페라 가수는 코르푸, 안코나, 바리에서의 자신의 활약상에 관한 이야기로 대화를 되살렸다.

Little by little she grew animated, abandoned herself to her imagination; with discreet reserve she spoke of princely "amours," of royal favours, of romantic adventures; she thus evoked all of those confused recollections of novels read at other times, and trusted liberally to the credulity of her listeners.
그녀는 조금씩 신이 나서 자신의 상상 속에 빠져들었다. 그녀는 조심스럽게 왕자들과의 "정사"와, 왕실의 호의, 낭만적인 모험에 관해 이야기했다. 그녀는 그때와 상관없이 읽었던 소설의 내용에 대한 기억들을 뒤죽박죽 섞기도 했으며, 자신의 말을 듣고 있는 사람들이 그 말을 믿을 거라고 제멋대로 생각하고 있었다.

Don Giovanni at these times turned his eyes upon her full of inquietude, almost bewildered; moreover experiencing a singular irritation that had an indistinct resemblance to jealousy.
이 때 돈 지오반니는 완전히 동요해서 거의 얼떨떨한 상태로 그녀를 바라보고 있었는데 그러다가 질투와 거의 비슷한 짜증 같은 감정을 느꼈다.

Violetta at length ended with a stupid smile and the conversation languished anew.
비올레타가 바보 같은 미소를 지으며 이야기를 끝내자, 대화는 다시 시들해졌다.

Then Violetta went to the piano and sang.
그리고 나서, 비올레타는 피아노로 가서 노래를 불렀다.

All listened with profound attention; at the end they applauded.
사람들은 모두 깊은 관심을 가지고 귀를 기울였고 마지막에는 박수를 보냈다.

Then Don Brattella arose with the flute.
그러자 돈 브라텔라가 플루트를 가지고 일어났다.

An immeasurable melancholy took hold of his listeners at that sound, a kind of swooning of body and soul.
그 소리로 사람들은 말할 수 없는 우울함에 빠지게 되었는데, 기절이라도 할 듯했으며,

They rested with heads lowered almost to their breasts in
attitudes of sufferance.
머리를 가슴까지 숙이면서 겨우 그 고통을 견디고 있었다.

At last all left, one after the other.
마침내 하나둘씩 모두 떠났다.

As they took the hand of Violetta a slight scent from the
strong perfume of musk remained on their fingers, and
this excited them further.
그들이 비올레타의 손을 잡고 작별 인사를 할 때, 그녀의 강한 사향
의 냄새가 그들의 손가락에 약하게 남아 그들을 더욱 들뜨게 만들
었다.

Then, once more in the street, they reunited in groups,
holding loose discourse.
거리에서는 더 많은 사람들이 무리를 지어 느슨하게 이야기를 하고
있었다.

They grew inflamed, lowered their voices and were silent
if anyone drew near.
흥분하다가, 목소리를 낮추기도 하고, 누군가가 다가오면 말을 하
지 않기도 하였다.

Softly they withdrew from beneath the Brina palace to
another part of the square.
천천히 그들은 부리나 궁전 아래에서 광장의 다른 곳으로 이동했
다.

There they set themselves to watching Violetta's windows,
still illuminated.
그곳에서 그들은 여전히 불이 켜져 있는 비올레타의 창문을 바라보

앉다.

Across the panes passed indistinct shadows; at a certain time the light disappeared, traversed two or three rooms and stopped in the last window.
창 너머로 희미한 그림자가 지나갔다. 어느 순간 빛이 사라지고 두 세 개의 방을 가로질러 마지막 창에서 멈췄다.

Shortly, a figure leaned out to close the shutters.
얼마 지나지 않아 한 사람이 셔터를 닫기 위해 몸을 내밀었다.

Those spying thought they recognised in it the figure of Don Giovanni.
몰래 엿보고 있던 사람들은 그건 돈 지오반니일 거라고 생각했다.

They still continued to discuss beneath the stars and from time to time laughed, while giving one another little nudges, and gesticulating.
그들은 별빛 아래에서 계속 이야기를 하다가, 때로는 서로 옆구리 를 찔러가며 웃으며, 손짓과 발짓을 하고 있었다.

Don Antonio Brattella, perhaps from the reflection of the city-lamps, seemed a greenish colour.
돈 안토니오 브라텔라는 아마도 가로등 불빛이 반사되어서 그런지 푸르스름하게 보였다.

The parasites, little by little in their discourse spit out a certain animosity toward the opera-singer, who was plucking so gracefully their lord of good times.
기생충들은 이야기 중에 자신들의 물주를 그토록 우아하게 갈취하 고 있는 이 오페라 가수에 대해 조금씩 적개심을 드러내고 있었다.

They feared lest those generous feasts might be in peril;

already Don Giovanni was more sparing of his invitations.
그들은 이런 넉넉한 식사가 사라지지는 않을까 노심초사하고 있었
다. 이미 돈 지오반니는 초대를 줄이고 있었다.

"It will be necessary to open the eyes of the poor fellow.
"이 불쌍한 사람의 눈을 뜨게 해야 해요.

An adventuress!
여자 사기꾼이라구요!

Bah!
이런!

She is capable of making him marry her.
그가 홀려서 결혼할 수도 있어요.

Why not?
그렇고 말구요!

And then what a scandal!"
그렇게 되면 얼마나 꼴사나워요!"

Don Pompeo Nervi, shaking his large calf's head,
assented:
돈 폼페오 네르비는 자신이 먹고 있던 큰 송아지의 머리를 흔들어
동의했다.

"You are right!
"맞는 말이죠!

You are right!
맞아요!"

We must bethink ourselves."
잘 생각해야 해요."

Don Nereo Pica, "The Cat," proposed a way, conjured up schemes; this pious man, accustomed to the secret and laborious skirmishes of the sacristy was crafty in the sowing of discord.
족제비같은 돈 네레오 피카가 방법을 제안하고 계획을 세웠다. 이 경건한 사람은 교회 안의 비밀스럽고 힘든 싸움에 익숙해서, 불화의 씨 뿌리는 것 따위는 식은 죽 먹기처럼 여겼다.

Thus these complainers treated together and their fat speeches only returned again into their bitter mouths.
그래서 다른 사람들은 그저 밥만 먹고 있었고 바보 같은 말을 하려다가도 입을 다물었다.

As it was spring the foliage of the public gardens smelt and trembled before them with white blossoms and through the neighbouring paths they saw, about to disappear, the figures of loosely-dressed prostitutes.
봄이 되자, 공원의 나뭇잎들에서는 이파리 냄새가 나고 하얀 꽃들이 만발하여 흔들리고 있었다. 근처의 샛길에서는 헐렁하게 옷을 입은 매춘부들의 모습도 보였다.

V

When, therefore, Don Giovanni Ussorio, after having heard from Rosa Catana of the departure of Violetta Kutufa, re-entered his widower's house and heard his parrot humming the air of the butterfly and the bee, he was seized by a new and more profound discouragement.
돈 지오반니 웃소리오는 비올레타 쿠투파가 떠났다는 소식을 로사 카타나로부터 들은 후, 그녀가 없는 집으로 다시 들어가, 그의 앵무새가 나비와 벌처럼 윙윙거리는 소리를 내는 것을 들었을 때, 그는 예전에는 느끼지 못한 더욱 깊은 좌절감을 느꼈다.

In the entrance a girdle of sunlight penetrated boldly and through the iron grating one saw the tranquil garden full of heliotropes.
입구에는 한 줄기 햇빛이 선명하게 들어차 있었고, 철제 격자를 통해 연보라색 꽃들이 가득한 조용한 정원이 보였다.

His servant slept upon a bench with a straw hat pulled down over his face.
그의 하인은 밀짚모자를 얼굴에 덮고 벤치에서 잠을 자고 있었다.

Don Giovanni did not wake the servant.
돈 지오반니는 하인을 깨우지 않았다.

He mounted the stairs with difficulty, his eyes fixed upon the steps, pausing every now and then to mutter:
그는 계단을 계속 바라보면서 어렵게 계단을 올라갔고, 가끔 멈추어 서서 중얼거렸다.

"Oh, what a thing to happen!
"오, 맙소사!

Oh, oh, what luck!"
오, 오, 어떻게 이런 일이!"

Having reached his room he threw himself upon the bed and with his mouth against the pillows, began again to weep.
방에 도착한 그는 침대에 몸을 던져 입을 베개에 대고는 다시 흐느끼기 시작했다.

Later he arose; the silence was deep and the trees of the garden as tall as the window waved slightly in the stillness.
다시 일어났을 때, 침묵이 무겁게 흘렀으며 창문까지 자란 정원의 나무들은 고요 속에 약간씩 흔들리고 있었다.

There was nothing of the unusual in the things about him; he almost wondered at this.
별 다른게 없었는데, 왜 이런 일이 발생했는지 그는 알 수 없었다.

He fell to thinking and remained a long time calling to mind the positions, the gestures, the words, the slightest motions of the deserter.
그는 생각에 빠져 오랫동안, 떠난 그녀의 자리, 몸짓, 말, 사소한 움직임들을 떠올렸다.

He saw her form as clearly as if she were present.
그는 마치 그녀가 그 자리에 있는 것처럼 그녀의 모습을 볼 수 있었다.

At every recollection his grief increased until at length a kind of dulness benumbed his mind.
기억할 때마다 그의 슬픔은 점점 커져, 마침내, 그는 멍해져 있었다.

He remained sitting on the bed, almost motionless, his eyes red, his forehead blackened from the colouring matter of his hair mixed with perspiration, his face furrowed with wrinkles that had suddenly become more evident; he had aged ten years in an hour, a change both amusing and pathetic.
그는 거의 움직이지 않은 채로 침대에 앉아 있었고, 눈은 충혈되어 있었으며, 이마는 땀과 뒤섞인 흑채로 검게 변했고, 얼굴은 갑자기 더 뚜렷해진 주름으로 깊게 주름져 있었다. 그는 한 시간 만에 10

년을 늙어버렸다. 재미있고도 한심한 변화였다.

Don Grisostomo Troilo, who had heard the news, arrived.
돈 그리소스토모 트로일로가 소식을 듣고 도착했다.

He was a man of advanced age, of short stature and with a round, swollen face from which spread out sharp, thin whiskers, well waxed and resembling the two wings of a bird.
그는 키가 작고, 동그랗고 부은 얼굴, 왁스를 꼼꼼히 발라 새의 두 날개처럼 날카롭고 가는 수염을 한, 나이 든 남자였다.

He said:
그가 말했다.

"Now, Giova, what is the matter?"
"이런, 지오바, 무슨 일입니까?"

Don Giovanni did not answer, but shook his shoulders as if to repel all sympathy.
돈 지오반니는 대답하지 않았지만 모든 연민을 쫓아 버릴 듯이 어깨를 흔들었다.

Don Grisostomo then began to reprove him benevolently, never speaking of Violetta Kutufa.
그러자 돈 그리소스토모는 비올레타 쿠투파에 대해 말하지 않고 자비롭게 그를 나무라기 시작했다.

In came Don Cirillo d'Amelio with Don Nereo Pica.
돈 시릴로 다메리오가 돈 네레오 피카와 들어왔다.

Both, on entering, showed almost an air of triumph.
둘은 들어오자 마자, 보란 듯이,

"Now you have seen for yourself, Don Giova!
"돈 지오바, 이제 아시겠죠!

We told you so!
우리가 말씀드렸죠!

We told you so!" they cried.
우리가 말씀드렸잖아요!"라고 그들은 소리쳤다.

Both had nasal voices and a cadence acquired from the habit of singing with the organ, because they belonged to the choir of the Holy Sacrament.
둘 다 성찬 합창단 소속이었기 때문에, 오르간 반주로 노래하는 습관에서 얻은 콧소리와 억양을 가지고 있었다.

They began to attack the character of Violetta without mercy.
그들은 무자비하게 비올레타를 공격하기 시작했다.

She did this and that and the other thing, they said.
그녀가 이런 짓도 하고 저런 짓도 하고 다른 짓도 했다는 말이었다.

Don Giovanni, outraged, made from time to time a motion as if he would not hear such slanders, but the two continued.
돈 지오반니는 화가 나서 그런 비방을 듣지 않겠다는 행동을 취했지만 둘은 계속했다.

Now, also, Don Pasquale Virgilio arrived, with Don Pompeo Nervi, Don Federico Sicoli, Don Tito de Sieri; almost all of the parasites came in a group.
이제 돈 파스쿠알레 비르질리오, 돈 폼페오 네르비, 돈 페데리코 시

콜리, 돈 티토 데 시에리가 도착해서 거의 모든 기생충들이 모이게
되었다.

Supporting one another they became ferocious.
그들은 서로의 말에 맞장구를 치며 점점 더 사나워지게 되었다.

Did he not know that Violetta Kutufa had abandoned
herself to Tom, Dick and Harry...?
그는 비올레타 쿠투파가 톰, 딕, 해리에게도 자신의 몸을 허락했다
는 사실을 몰랐을까?

Indeed she had!
진짜, 그녀는 그랬다구요!

Indeed!
진짜라구요!

They laid bare the exact particulars, the exact places.
그들은 정확한 세부 사항이나, 정확한 장소들도 공개했다.

Now Don Giovanni heard with eyes afire, greedy to know,
invaded by a terrible curiosity.
그러자 돈 지오반니는 끔찍한 호기심에 사로잡혀 알고 싶어서 눈에
는 불이 일었다.

These revelations instead of disgusting him, fed his desire.
이러한 폭로는 그를 역겹게 하는 대신, 오히려 자신의 욕망을 자극
했다.

Violetta seemed to him more enticing, even more
beautiful; and he felt himself inwardly bitten by a raging
jealousy that blended with his grief.
비올레타는 그에게는 그런 추문보다는 훨씬 매력적이고 아름다운

사람처럼 느껴져서, 그는 자신의 슬픔과 뒤섞인 맹렬한 질투로 마음속이 엉망이 되어가는 것을 느꼈다.

Presently the woman appeared in his mind's eye associated with a certain soft relaxation.
바로 그때 그의 눈앞에 비올레타가 그에게 부드러운 안식을 주듯이 나타났다.

That picture made him giddy.
현기증나는 환상이었다.

"Oh Dio!
"오, 하나님!

Oh Dio!
오, 하나님!

Oh!
오!

Oh!"
오!"

He commenced to weep again.
그는 다시 흐느끼기 시작했다.

Those present looked at one another and restrained their laughter.
사람들은 서로를 바라보며 웃음을 참았다.

In truth the grief of that man; fleshy, bald, deformed, expressed itself so ridiculously that it seemed unreal.
사실, 이렇게 살찌고, 대머리에, 추한 남자의 슬픔은 너무도 터무니

없어서 현실감이 느껴지지 않았다.

"Go away now!"
"모두 나가세요, 지금!"

Don Giovanni blubbered through his tears.
돈 지오반니는 펑펑 울고 있었다.

Don Grisostomo Troilo set the example; the others followed him and chattered as they passed down the stairs.
돈 그리소스토모 트로일로가 앞장 서자, 다른 사람들도 지껄이면서 그를 따라 계단을 내려갔다.

Toward evening the prostrated man revived little by little.
저녁이 되자 엎드려 있던 남자가 조금씩 살아나기 시작했다.

A woman's voice called at his door:
문쪽에서 여자 목소리가 들렸다.

"May I come in, Don Giovanni?"
"돈 지오반니, 들어가도 될까요?"

He recognised Rosa Catana's voice and experienced suddenly an instinctive joy.
로사 카타나의 목소리인 것을 알아채자, 본능적으로 그는 갑자기 기분이 좋아졌다.

He ran to let her in. Rosa Catana appeared in the dusk of the room.
그는 그녀를 들이기 위해 달려 나갔다. 어둑해진 방 안으로 로사 카타나가 나타났다.

"Come in!
"들어 오세요!

Come in!" he cried.
들어 와요!" 그가 소리쳤다.

He made her sit down beside him, had her talk to him, asked her a thousand questions.
그는 그녀를 자신의 옆에 앉히고, 그녀가 말하게 하고, 그녀에게 수많은 질문을 퍼부었다.

He seemed to suffer less on hearing that familiar voice in which, under the spell of an illusion, he found some quality of Violetta's voice.
친숙한 목소리를 듣자 그는 고통이 조금 사라지는 것처럼 느꼈다. 그는, 여전히 환각 상태에서 벗어나지 못한 채, 이 친숙한 목소리에서도 비올레타의 목소리를 떠올렸다.

He took her hands and cried:
그녀의 손을 잡고 외쳤다.

"You helped her to dress!
"당신은 그녀가 옷 입는 것을 도왔죠?

Did you not?"
그렇지 않나요?"

He caressed those rugged hands, closing his eyes and wandering slightly in his mind on the subject of those abundant, unbound locks that so many times he had touched with his hands.
그는 그녀의 거친 손을 어루만지며, 눈을 감고, 몇 번이나 자신의 손으로 만졌던 그 풍부하고 풀어 헤친 머리카락들을 마음속에 잠시 떠올렸다.

Rosa at first did not understand.
로사는 처음에는 이해하지 못했다.

She believed this to be some sudden passion of Don Giovanni, and withdrew her hands gently, while she spoke in an ambiguous way and laughed.
그녀는 이것을 돈 지오반니가 갑자기 감정이 격해져서 그럴 거라고 생각하면서, 부드럽게 손을 빼고 모호하게 말하며 웃었다.

But Don Giovanni murmured:
그러나 돈 지오반니는 중얼거리듯 말했다.

"No, no!...
"아니, 아니요!...

Stay!
잠깐만, 그대로 있어요!

You combed her, did you not?
당신은 그녀의 머리를 빗겨주지 않았던가요? 그렇죠?

You bathed her, did you not?"
당신은 그녀를 목욕도 시키셨죠? 그렇죠?"

He fell to kissing Rosa's hands, those hands that had combed, bathed and clothed Violetta.
그는 비올레타의 머리카락을 빗기고, 그녀를 목욕시키고, 그녀의 옷을 입힌 로사의 손에 키스를 하기 시작했다.

He stammered, while kissing them, composed verses so strange that Rosa could scarcely refrain from laughter.

로사의 손에 키스하는 동안 그가 더듬거리며 이상한 소리를 내자 로사는 웃음을 겨우겨우 참았다.

But at last she understood and with feminine perception forced herself to remain serious, while she summed up the advantages that might ensue from this foolish comedy.
그러나 마침내 그녀도 그가 왜 그러는지 알 수 있었지만, 여자들만의 느낌으로 웃음을 계속 참았다. 그러면서도 이 어리석은 코미디 후에 생길 수 있는 이점들을 계산하고 있었다.

She grew docile, let him caress her, let him call her Violetta, made use of all that experience acquired from peeping through key-holes many times at her mistress's door; she even sought to make her voice more sweet.
그녀는 고분고분하게 그가 그녀의 손을 만지도록 내버려 두었고, 자신을 비올레타라고 부르게 했고, 그녀가 모시던 마님의 문 열쇠 구멍으로 수 차례 엿보아서 얻은 모든 경험을 십분 활용했다. 그녀는 심지어 자신의 목소리를 더 달콤하게 하려고도 하였다.

In the room one could scarcely see them.
이제 방안은 많이 어두워졌다. 잘 보이지 않았다.

Through the open windows a red reflection entered and the trees in the garden, almost black, twisted and turned in the wind.
열려진 창으로 빛이 붉게 반사가 되어 들어왔고, 정원의 나무들은 이제 거의 새까매져 바람에 뒤틀리며 흔들리고 있었다.

From the sloughs around the arsenal came the hoarse croak of the frogs.
병기고 주변의 수렁에서 개구리들의 목쉰 소리가 들려 왔다.

The noises of the city street were indistinct.

거리의 소음은 아득하기만 했다.

Don Giovanni drew the woman to his knees, and, completely confused as if he had swallowed some very' strong liquor, murmured a thousand childish nothings and babbled on without end, drawing her face close to his.
돈 지오반니는 그 여자를 자신의 무릎으로 끌어당겼고, 마치 아주 독한 술을 삼킨 것처럼, 완전히 혼미해져서, 셀수 없이 많은 유치한 말을 중얼거리고 계속 횡설수설하며 그녀의 얼굴을 자신의 얼굴에 가까이 가져갔다.

"Ah, darling little Violetta!" he whispered.
"아, 사랑하는 귀여운 비올레타!" 그가 속삭였다.

"Sweetheart!
"내 사랑이여!

Don't go away, dear...!
가지마세요, 제발...!

If you go away your Nini will die, Poor Nini...!
당신이 떠나면 당신의 니니는 죽어요, 불쌍하지 않나요..!

Ban-ban-ban-bannn!"
않나요우-요우-요우!"

Thus he continued stupidly, as he had done before with the opera-singer.
그렇게 그는 이전에 비올레타에게 했던 대로 계속 바보같이 굴었다.

Rosa Catana patiently offered him slight caresses, as if he were a very sick, perverted child; she took his head and pressed it against her shoulder, kissed his swollen, weeping eyes, stroked his bald crown, rearranged his oiled locks.

로사 카타나는 그를 계속 달랬다. 그는 마치 어딘가 도착된 아픈 아이처럼 보였다. 그의 머리를 자신의 어깨에 기대게 하고, 울어서 부어오른 눈에 입을 맞추고, 그의 대머리 부분을 쓰다듬으며 엉겨붙은 머리를 가다듬어 주었다.

Thus, Rosa Catana, little by little, earned her inheritance from Don Giovanni Ussorio, who, in the March of 1871, died of paralysis.

이런 식으로, 로사 카타나는 1871년 3월에 중풍으로 사망한 돈 지오반니 웃소리오로 부터 야금야금 재산을 물려받았다.

Tale Three

THE RETURN OF TURLENDANA
투를렌다나의 귀환

The group was walking along the seashore.
일행이 해변을 따라 걷고 있었다.

Down the hills and over the country Spring was coming again.
언덕을 넘어 마을 전체에 봄이 다시 오고 있었다.

The humble strip of land bordering the sea was already green; the various fields were quite distinctly marked by the springing vegetation, and every mound was crowned with budding trees.
해변가 녹지대는 볼품은 없었지만 이미 파릇파릇했고, 이곳저곳이 나날이 다르게 성장하는 초목들로 확연히 구분되었으며, 모든 언덕들은 신록의 나무들로 덮여 있었다.

The north wind shook these trees, and its breath caused many flowers to fall.
북풍은 신록의 나무들을 흔들어서 바람이 지나간 자리에는 꽃들이 많이 떨어져 있었다.

At a short distance the heights seemed to be covered with a colour between pink and violet; for an instant the view seemed to tremble and grow pale like a ripple veiling the clear surface of a pool, or like a faded painting.
가까운 언덕들은 분홍색과 보라색 사이의 색으로 덮여있는 것처럼 보였고, 순간 그 모습은 물웅덩이의 맑은 표면을 덮고 있는 잔물결 처럼, 혹은 색이 바랜 그림처럼 떨리고 창백해졌다.

The sea stretched out its broad expanse serenely along the coast, bathed by the moonlight, and toward the north taking on the hue of a turquois of Persia, broken here and there by the darker tint of the currents winding over its surface.
바다는 달빛을 받으며 해안을 따라 고요하고 넓게 펼쳐져 있었고, 북쪽 바다는 페르시아의 청록색을 띠고 있었으며, 보다 어둡게 보이는 물살들이 굴곡지게 바다 표면을 흐르고 있어서 바다는 여기저기 깨진 듯이 보였다.

Turlendana, who had lost the recollection of these places through a long absence, and who in his long peregrinations had forgotten the sentiments of his native land, was striding along with the tired, regular step of haste, looking neither backward nor around him.
고향을 떠나 오랫동안 여기저기를 떠돌아다녔던 투를렌다나는, 이 곳에서 있었던 기억들을 모두 잊고 고향에 대한 어떤 느낌도 없이, 지치고 규칙적인 발걸음을 서두르며 옮기고 있었다. 그는 뒤도 돌아보거나 주변을 살펴보지도 않았다.

When the camel would stop at a tuft of wild grass, Turlendana would utter a brief, hoarse cry of incitement.
낙타가 풀이 자란 곳에서 멈추면, 투를렌다나는 짧고도 쉰 목소리로 갈 길을 재촉했다.

The huge reddish quadruped would slowly raise his head, chewing the morsel heavily between his jaws.

그러면 이 거대한 붉은색 네발 동물은 얼마 안 되는 풀을 세게 씹으면서 천천히 고개를 들었다.

"Hu, Barbara!"

"가자, 바르바라!"

The she-ass, the little snowy white Susanna, protesting against the tormenting of the monkey, from time to time would bray lamentingly, asking to be freed of her rider.

작고 눈처럼 하얀 당나귀인 수잔나는 원숭이가 괴롭히는 것에 항의하듯이, 위에 올라탄 원숭이를 내려 달라고 이따금 애처롭게 울었다.

But the restless Zavali gave her no peace; as though in a frenzy, with quick, short gestures of wrath, she would run over the back of the beast, jump playfully on her head, get hold of her large ears; then would lift her tail and shake the hairs, hold it up and look through the hairs, scratch poor Susanna viciously with her nails, then lift her hands to her mouth and move her jaws as though chewing, grimacing frightfully as she did so.

그러나 잠시도 가만히 있지 않는 자발리는 그렇게 하지 않았다. 마치 미친 것처럼 당나귀 위를 빠르고도 사납게 뛰어다니고, 장난스럽게 머리 위로 뛰어오르며, 커다란 귀를 잡기도 하고, 꼬리를 들어 올리고 털을 흔들더니, 털 사이를 들여다보고, 손톱으로 사납게 긁은 다음, 당나귀의 입에 손을 대고 턱을 움직여 당나귀가 풀을 먹을 때처럼 무섭게 얼굴을 일그러뜨렸다.

Then suddenly, she would jump back to her seat, holding in her hands her foot, twisted like the root of a bush, and sit with her orange coloured eyes, filled with wonder and stupor, fixed on the sea, while wrinkles would appear on her head, and her thin pinkish ears would tremble nervously.

그러더니 갑자기 원숭이는 다시 자기 자리로 돌아가서는 덤불 뿌리처럼 꼬인 발을 손으로 잡고 경이감과 혼미함이 가득한 주황색 눈으로 바다를 바라보면서 앉아 있었다. 이마에는 주름살이 보였으며 얇은 분홍빛 귀는 신경질적으로 떨리고 있었다.

Without warning she would make a malicious gesture, and recommence her play.

그러더니 바로 당나귀에게 그 몹쓸 짓을 다시 시작했다.

"Hu, Barbara!"

"가자, 바르바라!"

The camel heard and started to walk again.

낙타가 그 말을 듣고 다시 걷기 시작했다.

When the group reached the willow tree woods, at the mouth of the River Pescara, figures could be seen upon its right bank, above the masts of the ships anchored in the docks of Bandiera.

일행이 페스카라 강어귀에 있는 버드나무 숲에 도착했을 때, 반디에라의 부두에 정박해 있는 배의 돛대 위에서나, 강 오른쪽 둑에서 사람들이 보였다.

Turlendana stopped to get a drink of water from the river.

투를렌다나는 강물을 마시기 위해 멈췄다.

The river of his native place carried to him the peaceful air of the sea.

고향의 강은 평화로운 바다 같은 느낌을 주었다.

Its banks, covered with fluvial plants, lay stretched out as though resting from their recent work of fecundity.
속새로 덮힌 둑은 황량하고 길게 뻗어 있었다.

The silence was profound.
깊은 침묵이 흘렀다.

The estuaries shone tranquilly in the sun like mirrors framed by the crystal of the sea.
강어귀는 바다의 수정으로 틀을 짜 맞춘 거울처럼 햇빛 속에서 고요하게 빛났다.

The seaweed bent in the wind, showing its green or white sides.
해초들은 바람 때문에 구부러져, 해초의 녹색 부분과 흰색 부분이 드러나 보였다.

"Pescara!" said Turlendana, with an accent of curiosity and recognition, stopping still to look at the view.
"페스카라!" 투를렌다나는, 호기심에 차서 이제는 알아 보겠다는 듯한 말투로, 조용히 멈춰 서서 풍경을 바라보며 말했다.

Then, going down to the shore where the gravel was clean, he kneeled down to drink, carrying the water to his mouth in his curled up palm.
그런 다음 자갈이 깨끗한 강변으로 내려가 무릎을 꿇고, 손바닥을 구부려 물을 입으로 가져가 마셨다.

The camel, bending his long neck, drank with slow, regular draughts.
낙타는 긴 목을 구부려 천천히 규칙적으로 물을 들여 마셨다.

The she-ass, too, drank from the stream, while the

monkey, imitating the man, made a cup of her hands, which were violet coloured like unripe India figs.
당나귀도 강물을 마셨고, 원숭이는 사람 흉내를 내며 설익은 인도 산 무화과 같은 보라색 손으로 컵을 만들었다.

"Hu, Barbara!"
"가자, 바르바라!!"

The camel heard and ceased to drink.
낙타가 이 소리를 듣고 물을 그만 마셨다.

The water dripped unheeded from his mouth onto his chest; his white gums and yellowish teeth showed between his open lips.
물이 낙타의 입에서 가슴으로 뚝뚝 떨어졌으며 벌린 입술 사이로 하얀 잇몸과 노란 이빨들이 보였다.

Through the path marked across the wood by the people of the sea, the little group proceeded on its way.
바다 사람들이 숲을 가로질러 표시한 샛길을 따라 이들은 계속 나아갔다.

The sun was setting when they reached the Arsenale of Rampigna.
그들이 람피냐의 아르세날레에 도착했을 때, 해가 지고 있었다.

Turlendana asked of a sailor who was walking beside the brick parapet:
투를렌다나가 벽돌 난간 옆을 걷고 있던 선원에게 물었다.

"Is that Pescara?"
"저기가 페스카라인가요?"

The sailor, astonished at the sight of the strange beasts, answered Turlendana's question:
선원은 이상한 짐승들을 보고 놀라면서 투를렌다나의 질문에 대답했다.

"It is that," and left his work to follow the stranger.
"예, 그렇습니다."라며 하던 일을 중단하고 투를렌다나를 뒤따랐다.

The sailor was soon joined by others.
곧 다른 사람들도 합류했다.

Soon a crowd of curious people had gathered and were following Turlendana, who went calmly on his way, unmindful of the comments of the people.
이어 호기심 많은 사람이 모여들어서는 투를렌다나를 뒤따랐는데, 투를렌다나는 사람들의 말에 신경 쓰지 않고 태연하게 자신의 길을 갈 뿐이었다.

When they reached the boat-bridge, the camel refused to pass over.
그들이 부교에 이르렀을 때, 낙타가 건너가는 것을 거부했다.

"Hu, Barbara!
"가자, 바르바라!

Hu, hu!"
가자, 가자구!"

Turlendana cried impatiently, urging him on, and shaking the rope of the halter by which he led the animal.
투를렌다나는 짜증 난다는 듯이 고삐 밧줄을 흔들면서 재촉했다.

But Barbara obstinately lay down upon the ground, and

stretched his head out in the dust very comfortable, showing no intention of moving.
하지만 바르바라는 고집스럽게 바닥에 누워 아주 편안하게 머리를 쭉 뻗고는 움직일 생각을 하지 않았다.

The people jesting gathered about, having overcome their first amazement, and cried in a chorus:
처음에는 신기하게 바라보던 주변의 시시덕대던 사람들이 이제는 함께 소리를 질렀다.

"Barbara!
"바르바라!

Barbara!"
바르바라!"

As they were somewhat familiar with monkeys, having seen some which the sailors had brought home, together with parrots, from their long cruises, they were teasing Zavali in a thousand different ways, handing her large greenish almonds, which the monkey would open, gluttonously devouring the sweet fresh meat.
사람들은 선원들이 앵무새와 원숭이를 먼 곳으로부터 데리고 오는 것을 보았고 원숭이를 어느 정도 잘 알고 있었기 때문에, 그들은 수천 가지 방법으로 자발리를 놀렸다. 사람들이 커다랗고 푸른 아몬드를 주자, 원숭이는 아몬드를 까서는 그 달콤하고 신선한 과육을 탐욕스럽게 먹어 치웠다.

After much urging and persistent shouting, Turlendana succeeded in conquering the stubbornness of the camel, and that enormous architecture of bones and skin rose staggering to his feet in the midst of the instigating crowd.
계속 재촉하고 소리를 질러서, 투를렌다나는 기어코 낙타의 고집을

꺾었고, 뼈들과 가죽이 거대한 구조를 이루고 있는 낙타는 부추기는 사람들 사이에서 비틀거리며 일어섰다.

From all directions soldiers and sailors flocked over the boat bridge to witness the spectacle.
사방에서 병사들과 선원들이 그 광경을 보기 위해 부교위로 몰려들었다.

Far behind the mountain of Gran Sasso the setting sun irradiated the spring sky with a vivid rosy light, and from the damp earth, the water of the river, the seas, and the ponds, the moisture had arisen.
저 멀리 그란 사쏘 산 너머로, 지는 태양이 봄 하늘을 선명한 장밋빛으로 비추고 있었으며, 축축한 대지, 강물, 바다, 연못에서는 습기가 피어올랐다.

A rosy glow tinted the houses, the sails, the masts, the plants, and the whole landscape, and the figures of the people, acquiring a sort of transparency, grew obscure, the lines of their contour wavering in the fading light.
집, 돛, 돛대, 식물, 풍경 전체가 장밋빛으로 물들었고, 사람들의 모습은, 투명하다 해야 할까, 서서히 사라지는 빛 속에서 윤곽선이 흔들리면서 흐려졌다.

Under the weight of the caravan the bridge creaked on its tar-smeared boats like a very large floating lighter.
일행의 무게 때문에 다리는, 아주 커다란 거룻배처럼, 타르를 칠한 배 위에서 삐걱거렸다.

Turlendana, halting in the middle of the bridge, brought the camel also to a stop; stretching high above the heads of the crowd, it stood breathing against the wind, slowly moving its head like a fictitious serpent covered with hair.

투를렌다나는 다리 한가운데에 멈춰서서는 낙타를 멈추게 했다. 낙타는 사람들 머리 위로 우뚝 서서 바람을 맞으며 숨을 몰아쉬고는 머리카락이 무성한 가상의 뱀처럼 천천히 머리를 움직였다.

The name of the beast had spread among the curious people, and all of them, from an innate love of sensation, and filled with the exuberance of spirits inspired by the sweetness of the sunset and the season of the year, cried out gleefully:
낙타의 이름은 호기심 많은 사람 사이에 알려지게 되었고, 그들 모두는 재미있는 것을 좋아하기도 하고, 해가 아름답게 지고 일 년 중에 가장 아름다운 계절이기도 해서, 한껏 부풀어 올라 신이 나서 외쳤다.

"Barbara!
"바르바라!

Barbara!"
바르바라!"

At the sound of this applauding cry and the well-meant clamour of the crowd, Turlendana, who was leaning against the chest of his camel, felt a kindly emotion of satisfaction spring up in his heart.
박수 소리와 사람들이 지르는 호의의 함성에 낙타 가슴팍에 기대어 있던 투를렌다나는 마음속에 훈훈한 만족감이 솟아오르는 것을 느꼈다.

The she-ass suddenly began to bray with such high and discordant variety of notes, and with such sighing passion that a spontaneous burst of merriment ran through the crowd.
당나귀는 갑자기 높고 이상한 소리를 내며 울기도 하고, 열정적으로 한숨을 내쉬는 듯하기도 하여서 사람들은 갑자기 웃음을 터뜨렸다.

The fresh, happy laughter spread from one end of the bridge to the other like the roar of water falling over the stones of a cataract.
신선하고 행복한 웃음소리가 폭포의 돌 위로 떨어지는 커다란 물소리처럼 다리의 한쪽 끝에서 다른 쪽 끝으로 퍼져 나갔다.

Then Turlendana, unknown to any of the crowd, began to make his way through the throng.
잠시후, 투를렌다나는 아무도 자신을 알아보지 못하는 사람들 사이를 뚫고 앞으로 나아갔다.

When he was outside the gates of the city, where the women carrying reed baskets were selling fresh fish, Binchi-Banche, a little man with a yellow face, drawn up like a juiceless lemon, pushed to the front, and as was his custom with all strangers who happened to come to the place, offered his services in finding a lodging.
여자들이, 갈대 바구니에, 방금 잡은 물고기들을 팔고 있는 성문 밖에 그가 도착했을 때, 단물이 다 빠져 쭈굴쭈굴한 레몬 같은 노란 얼굴을 한 키작은 빈치-반체가 다가서서는, 낯선 사람이 보일 때면 언제나 그랬던 것처럼 숙소를 제안했다.

Pointing to Barbara, he asked first:
먼저 그는 바르바라를 가리키며 물었다.

"Is he ferocious?"
"사납나요?"

Turlendana, smiling, answered, "No."
투를렌다나는 미소를 지으며 아니라고 대답했다.

"Well," Binchi-Banche went on, reassured, "there is the house of Rosa Schiavona."
빈치-반체는 안심한 듯 말을 이어갔다. "로사 쉬아보나 집에서 숙박하실래요?"

Both turned towards the Pescaria, and then towards Sant' Agostino, followed by the crowd.
두 사람이 페스카리아쪽으로 방향을 바꿨다가, 다시 산타 고스 티 노쪽을 향하자, 사람들이 그 뒤를 따랐다.

From windows and balconies women and children leaned over, gazing in astonishment at the passing camel, admiring the grace of the white ass, and laughing at the comic performances of Zavali.
창문과 발코니에서 여자와 아이들은 몸을 내밀어 지나가는 낙타를 보고 놀라고, 하얀 나귀의 우아함에 감탄하며, 원숭이의 광대 같은 모습에 웃음을 터뜨렸다.

At one place, Barbara, seeing a bit of green hanging from a low loggia, stretched out his neck and, grasping it with his lips, tore it down.
어떤 곳에서는, 바르바라가 낮은 로지아에 매달려 있는 퍼런 무엇인가를 보고는 목을 뻗어 입술로 잡은 후 그것을 찢어버렸다.

A cry of terror broke forth from the women who were leaning over the loggia, and the cry spread to other loggias.
로지아에서 내다보고 있던 여자들에게서 비명 소리가 터져 나왔고, 그 소리는 다른 로지아에서도 터져 나왔다.

The people from the river laughed loudly, crying out, as though it were the carnival season and they were behind

masks:
강에서 온 사람들은, 마치 카니발 때 가면을 쓴 것처럼, 큰 소리로
웃고 소리를 질렀다.

"Hurrah!
"와!

Hurrah!"
와!"

They were intoxicated by the novelty of the spectacle, and
by the invigourating spring air.
그들은 이런 새로운 광경과 상쾌한 봄 공기에 취한 듯했다.

In front of the house of Rosa Schiavona, in the
neighbourhood of Portasale, Binchi-Banche made a sign
to stop.
포르타살레 근처의 로사 쉬아보나 집 앞에서 빈치-반체는 멈추라
는 신호를 보냈다.

"This is the place," he said.
"여기입니다."라고 그가 말했다.

It was a very humble one-story house with one row
of windows, and the lower walls were covered with
inscriptions and ugly figures.
창문이 일렬로 된 매우 허름한 단층집이었는데, 벽 아래쪽은 글자
들이 새겨져 있거나 이상한 모습들로 덮여 있었다.

A row of bats pinned on the arch formed an ornament,
and a lantern covered with reddish paper hung under the
window.
아치에는 한 줄의 박쥐들이 고정된 듯 장식처럼 늘어서 있었고 붉

은빛을 띤 종이로 덮인 등이 창문 아래에 매달려 있었다.

This place was the abode of a sort of adventurous, roving people.
이곳은 일종의 모험가들이나 떠돌이들의 거처였다.

They slept mixed together, the big and corpulent truckman, Letto Manoppello, the gipsies of Sulmona, horse-traders, boiler-menders, turners of Bucchianico, women of the city of Sant' Angelo, women of wicked lives, the bag-pipers of Atina, mountaineers, bear-tamers, charlatans, pretended mendicants, thieves, and fortune-tellers.
레토 마노펠로 출신의 몸집이 크고 뚱뚱한 트럭 기사, 술모나의 집시, 말 매매인, 보일러 수리공, 부키아니코의 선반공, 산타젤로의 여자들, 요망한 여자들, 아티나의 자루 피리 부는 사람, 산사람들, 곰 조련사, 사기꾼, 가짜 탁발승, 도둑, 점쟁이들이 뒤섞여 잠을 자는 곳이었다.

Binchi-Banche acted as a go-between for all that rabble, and was a great protege of the house of Rosa Schiavona.
빈치-반체는 이 모든 쓰레기들의 중개자이며 로사 쉬아보나 하숙집의 위대한 보호자였다.

When the latter heard the noise of the newcomers, she came out upon the threshold.
로사 쉬아보나가 사람들이 들어오는 소리를 듣고는 문턱까지 나왔다.

She looked like a being generated by a dwarf and a sow.
그녀는 난쟁이와 암퇘지가 낳은 존재처럼 보였다.

Very diffidently she put the question:

그녀가 쭈볏대면서 물었다.

"What is the matter?"
"왜 그러시죠?"

"There is a fellow here who wants lodging for his beasts, Donna Rosa."
"숙박을 원하는 사람이 있는데요, 짐승들이 있어요. 도나 로사."

"How many beasts?"
"몇 마리인데요?"

"Three, as you see, Donna Rosa?a monkey, an ass, and a camel."
"보시다시피 세 마리입니다. 원숭이, 당나귀, 낙타."

The crowd was paying no attention to the dialogue.
사람들은 이런 대화에 관심이 없었다.

Some of them were exciting Zavali, others were feeling of Barbara's legs, commenting on the callous spots on his knees and chest.
몇 명은 원숭이를 놀리고 있었고, 다른 사람들은 낙타의 다리를 만지며 무릎과 가슴의 굳은살에 대해서 말하고 있었다

Two guards of the salt store-houses, who had travelled to the sea-ports of Asia Minor, were telling in a loud voice of the wonderful properties of the camel, talking confusedly of having seen some of them dancing, while carrying upon their necks a lot of half-naked musicians and women of the Orient.
여러 소아시아의 항구들까지 가 보았던 소금창고의 두 경비원들이 낙타의 놀랄만한 특징들에 대해서 큰소리로 이야기하고 있었다. 그

들은 또 낙타가 많은 반라의 이국 악사들과 여자들을 목에 매고 춤 추는 것을 보았다고, 자신도 믿을 수 없었다는 듯이, 말했다.

The listeners, greedy to hear these marvellous tales, cried:
이렇게 신기한 이야기를 더 듣고 싶어 하는 사람들이 외쳤다.

"Tell us some more!
"더 말해 봐요!

Tell us some more!"
더 말해 보세요!"

They stood around the story-tellers in attentive silence, listening with dilated eyes.
사람들은, 눈을 크게 뜨고 숨죽인 채, 이야기꾼들의 주변으로 모였 다.

Then one of the guards, an old man whose eyelids were drawn up by the wind of the sea, began to tell of the Asiatic countries, and as he went on, his imagination became excited by the stories which he told, and his tales grew more wonderful.
그러다가 바닷바람으로 눈꺼풀이 치켜 올라간 늙은 경비원이 아시 아의 나라들에 관해서 이야기를 하기 시작했고, 말을 하면 할수록 자신의 이야기에 상상을 더해 그의 이야기는 점점 더 신기해져 갔 다.

A sort of mysterious softness seemed to penetrate the sunset.
어떤 신비로운 부드러움이 석양을 관통하는 것 같았다.

In the minds of the listeners, the lands which were described to them rose vividly before their imaginations

in all their strange splendour.
이야기를 듣는 사람들의 마음속에는, 그들에게 묘사된 곳들이 기이한 광채에 싸여 그들의 상상 속에 생생하게 떠올랐다.

Across the arch of the Porta, which was already in shadow, could be seen boats loaded with salt rocking upon the river, the salt seeming to absorb all the light of the evening, giving the boats the appearance of palaces of precious crystals.
이미 그림자가 드리워진 포르타의 아치를 가로질러, 소금을 실은 배가 강물 위에서 흔들리고 있는 것이 보였고, 소금은 저녁의 모든 빛을 흡수해서 그 보트들을 마치 소중한 수정궁전처럼 보이게 했다.

Through the greenish tinted heavens rose the crescent of the moon.
초록빛이 도는 하늘에는 초승달이 떠올랐다.

"Tell us some more!
"더 말해 보세요!

Tell us some more!" the younger of those assembled were crying.
더 말해 봐요!"라고 모인 사람 중에 나이 어린 사람들은 울다시피 간청했다.

In the meanwhile Turlendana had put his beasts under cover and supplied them with food.
그동안 투를렌다나는 짐승들을 헛간으로 몰고 가서 먹이를 주었다.

This being done, he had again set forth with Binchi-Banche, while the people remained gathered about the door of the barn where the head of the camel appeared

and disappeared behind the rock gratings.
그러다가, 그는 빈치-반체와 함께 문밖으로 나섰다. 아직 남아 있던 사람들은 낙타 머리가 바위 창살 사이로 보였다 안 보였다 하는 헛간 문 주위에 모여 있었다.

On the way Turlendana asked:
가는 길에 투를렌다나가 물었다.

"Are there any drinking places here?"
"여기 술 마실 만한 곳이 있나요?"

Binchi-Banche answered promptly:
빈치-반체가 바로 대답했다.

"Yes, sir, there are."
"네, 꽤 있죠."

Then, lifting his big black hands he counted off on his fingers:
그러더니 그는 크고 검은 손을 들더니 손가락으로 하나 하나 세었다.

"The Inn of Speranza, the Inn of Buono, the Inn of Assau, the Inn of Zarricante, the Inn of the Blind Woman of Turlendana...."
"스페란자 주점, 부오노 주점, 앗사우 주점, 자리칸테 주점, 투를렌다나의 아내 맹인 여자가 운영하는 주점..."

"Ah!" exclaimed the other calmly.
"아!" 투를렌다나가 조용히 말을 받았다.

Binchi-Banche raised his big, sharp, greenish eyes.
빈치-반체는 크고 날카로운 녹색 눈을 들어 올렸다.

"You have been here before, sir?"
"전에 여기 와본 적이 있습니까, 나리?"

Then, with the native loquacity of the Pescarese he went on without waiting for an answer:
그러면서 그는 페스카라 사투리로 대답을 기다리지도 않고 계속 지껄였다.

"The Inn of the Blind Woman is large, and they sell there the best wine.
"맹인 여자 주인이 하는 주점이 크고 그곳 와인이 최고죠.

The so-called Blind Woman is a woman who has had four husbands...."
이른바 그 맹인 여주인은 남편이 4명입죠...."

He stopped to laugh, his yellowish face wrinkling into little folds as he did so.
그는 웃느라 말을 멈췄다, 그러자 그의 노란 얼굴은 잔주름으로 자글자글해졌다.

"The first husband was Turlendana, a sailor on board the ships of the King of Naples, sailing from India to France, to Spain, and even as far as America.
"첫 번째 남편은 나폴리 왕의 배를 타고 인도에서 프랑스로, 스페인으로, 나중에는 미국까지 항해한 선원 투를렌다나였죠.

He was lost at sea, no one knows where, for the ship disappeared and nothing has ever been heard from it since.
그는 바다에서 실종됐고, 배가 사라진 이후로 아무런 소식도 듣지 못했기 때문에, 그가 어디 있는지 아무도 모르죠.

That was about thirty years ago.
삼십 년쯤 되겠네요.

Turlendana had the strength of Samson; he could pull up
an anchor with one finger ... poor fellow!
투를렌다나는 삼손처럼 힘이 셌다고 했죠. 그래서 손가락 하나로
닻을 올릴 수 있다고 했으니까요.. 불쌍한 사람같으니!

He who goes to sea is apt to have such an end."
선원들은 대개 그런 최후를 맞이하기가 쉽잖아요."

Turlendana was listening quietly.
투를렌다나는 조용히 듣고 있었다.

"The second husband, whom she married after five years
of widowhood, was from Ortona, a son of Ferrante, a
damned soul, who was in conspiracy with smugglers in
Napoleon's time, during the war with England.
"그녀가 5년 동안 혼자 살고 나서 결혼한 두 번째 남편은 영국과의
전쟁 중 나폴레옹 시대의 밀수업자들과 한통속인 오르토나 출신의
빌어먹을 페란테의 아들이었죠.

They smuggled goods from Francavilla up to Silvi and
Montesilvano-sugar and coffee from the English boats.
그 놈들은 프랑카빌라, 실비, 몬테실바노에서 밀수를 했습죠. - 영
국 배들과 설탕과 커피를 거래했죠.

In the neighbourhood of Silvi was a tower called 'The
Tower of Saracini,' from which the signals were given.
실비 근처에 '사라치니 탑'이라는 탑이 있었는데, 그곳에서 신호를
보냈죠.

As the patrol passed, 'Plon, plon, plon, plon!' came out
from behind the trees...."
경찰차가 지나가면, '플론, 플론, 플론, 플론'이라는 신호가 나무 뒤
에서 들렸죠."

Binchi-Banche's face lighted up at the recollection of
those times, and he quite lost himself in the pleasure of
describing minutely all those clandestine operations, his
expressive gestures and exclamations adding interest to
the tale.
그 시절을 회상하는 빈치-반체의 얼굴은 환해졌고, 즐겁고도 정신
없이 그 모든 은밀한 작전들을 세세하게 묘사하였으며, 풍부한 몸
짓들과 감탄사들은 이야기에 흥미를 더해 주었다.

His small body would draw up and stretch out to its full
height as he proceeded.
그의 작은 몸뚱이는, 이야기를 계속 이어가면서, 웅크러져 있다가
가슴을 내밀며 점점 우뚝 서게 되었다.

"At last the son of Ferrante was, while walking along the
coast one night, shot in the back by a soldier of Murat,
and killed.
"그러다가, 페란테의 아들은 어느 날 밤 해안을 따라 걷고 있다가
무라트 병사가 쏜 총을 등에 맞고 죽었습죠."

"The third husband was Titino Passacantando, who died
in his bed of a pernicious disease.
"세 번째 남편은 티티노 파사칸탄도였는데, 중병이 걸려 침대에서
죽었죠."

"The fourth still lives, and is called Verdura, a good fellow
who does not adulterate the wine of the inn.
"네 번째 남편은 지금도 살아 있고, 이름은 베르두라이며, 착한 사

람으로 술에 물을 타지 않죠.

Now, you will have a chance to try some."
지금 가면 몇 잔하실 수 있을 거예요."

When they reached the much praised inn, they separated.
이렇게 칭찬을 받은 주막에 도착했을 때 그들은 헤어졌다.

"Good night, sir!"
"내일 뵙죠, 나리!"

"Good night!"
"그래요, 잘 가요!"

Turlendana entered unconcernedly, unmindful of the curious attention of the drinkers sitting beside the long tables.
투를렌다나는 긴 테이블 옆에 앉아 있는 술꾼들이 호기심을 가지고 관심을 보였지만, 신경 쓰지 않고 아무렇지도 않게 들어갔다.

Having asked for something to eat, he was conducted to an upper room where the tables were set ready for supper.
먹을 것을 시키자, 저녁 식사가 차려진 2층 방으로 안내되었다.

None of the regular boarders of the place were yet in the room.
그곳에서 정기적으로 묵는 사람들은 아직 방에 없었다.

Turlendana sat down and began to eat, taking great mouthfuls without pausing, his head bent over his plate, like a famished person.
투를렌다나는, 굶주린 사람처럼 머리를 접시 위로 숙이고 앉아서, 쉬지 않고 크게 한 입씩 퍼먹기 시작했다.

He was almost wholly bald, a deep red scar furrowed his face from forehead to cheek, his thick greyish beard extended to his protruding cheek bones, his skin, dark, dried, rough, worn by water and sun and wrinkled by pain, seemed not to preserve any human semblance, his eyes stared into the distance as if petrified by impassivity.
그는 거의 완전히 대머리였고, 이마에서 뺨까지 얼굴에 깊고 붉은 흉터로 주름져 있었으며, 그의 굵은 회색 수염은 튀어나온 광대뼈까지 뻗어 있었고, 그의 피부는 검고, 건조하고, 푸석푸석했으며, 바다와 태양 때문에 거칠고 고통으로 주름져 있어서, 사람의 모습이 아니었으며, 그의 눈은 무덤덤하게 먼 곳을 응시하고 있었다.

Verdura, inquisitive, sat opposite him, staring at the stranger.
베르두라는 호기심에 사로잡혀 자신의 맞은편에 앉아있는 투를렌다나를 유심히 바라보았다.

He was somewhat flushed, his face was of a reddish colour veined with vermilion like the gall of oxen.
그는 약간 상기되어있었으며 그의 얼굴은 황소의 쓸개처럼 주홍색의 실핏줄이 서 있었으며 불그스레 했다.

At last he cried:
드디어 그가 물었다.

"Where do you come from?"
"어디에서 왔습니까?"

Turlendana, without raising his head, replied simply:
투를렌다나는 고개를 들지 않고 간단히 대답했다.

"I come from far away."

"멀리서 왔습니다."

"And where do you go?" pursued Verdura.
"그럼 어디로 가십니까?" 베르두라가 다시 물었다.

"I remain here."
"여기 있을 겁니다."

Verdura, amazed, was silent.
놀란 베르두라가 입을 다물었다.

Turlendana continued to lift the fishes from his plate,
one after another, taking off their heads and tails, and
devouring them, chewing them up, bones and all.
투를렌다나는 접시에서 물고기를 하나씩 하나씩 집어 들어, 머리와
꼬리를 떼고 뼈까지 씹어 먹었다.

After every two or three fishes he drank a draught of wine.
물고기 두세 마리당 포도주를 한 모금씩 마셨다.

"Do you know anybody here?"
"여기 아는 사람 있나요?"

Verdura asked with eager curiosity.
베르두라는 호기심에 들떠 물었다.

"Perhaps," replied the other laconically.
"글쎄요," 투를렌다나가 짤막하게 대답했다.

Baffled by the brevity of his interlocutor, the wine man
grew silent again.
상대가 짤막하게 이야기하는 바람에, 베르두라는 다시 입을 다물었
다.

Above the uproar of the drinkers below, Turlendana's slow and laboured mastication could be heard.
아래층 술꾼들의 시끌벅적함 속에 투를렌다나가 느리게 꼭꼭 씹어 먹는 소리가 들렸다.

Presently Verdura again Ventured to open his mouth.
베르두라는 조심스럽게 다시 입을 열었다.

"In what countries is the camel found?
"낙타는 어느 나라에서 구하신 거예요?

Are those two humps natural?
저 두 혹은 진짜인가요?

Can such a great, strong beast ever be tamed?"
저렇게 크고 힘센 짐승도 길들여 지나요?"

Turlendana allowed him to go on without replying.
투를렌다나는 그가 지껄이게 놔두었다. 물론 대답도 하지 않았다.

"Your name, Mister?"
"성함이 어떻게 되십니까, 선생님?"

The man to whom this question was put raised his head from his plate, and answered simply, as before:
질문을 받은 투를렌다나는 접시에서 머리를 들고 이전처럼 간단하게 대답했다.

"I am called Turlendana."
"저는 투를렌다나라고 합니다."

"What?"

"뭐라구요?"

"Turlendana."
"투를렌다나입니다."

"Ah!"
"아!"

The amazement of the inn keeper was unbounded.
여관 주인은 깜짝 놀랐다.

A sort of a vague terror shook his innermost soul.
어떤 막연한 두려움이 그의 가장 깊은 영혼을 뒤흔들었다.

"What?
"뭐라구요?

Turlendana of this place?"
여기 투를렌다나라구요?"

"Of this place."
"예, 여기."

Verdura's big azure eyes dilated as he stared at the man.
베르두라의 큰 푸른 눈은 남자를 바라보면서 커졌다.

"Then you are not dead?"
"아니, 당신은 죽지 않았나요?"

"No, I am not dead."
"예, 안 죽었습니다."

"Then you are the husband of Rosalba Catena?"

"그럼 당신이 로살바 카테나의 남편인가요?"

"I am the husband of Rosalba Catena."
"예, 그렇습니다."

"And now," exclaimed Verdura, with a gesture of perplexity, "we are two husbands!"
"그럼 지금" 베르두라는 당황해서 외쳤다. "우리 둘 다 남편이라구요?"

"We are two!"
"우리 둘이?"

They remained silent for an instant.
그들은 잠시 조용해졌다.

Turlendana was chewing the last bit of bread tranquilly, and through the quiet room you could hear his teeth crunching on it.
투를렌다나는 침착하게 마지막 한 조각의 빵을 씹고 있었고, 그 조용한 방은 그가 이빨로 바스락거리며 빵을 씹는 소리로 가득 채워졌다.

Either from a natural benignant simplicity or from a glorious fatuity, Verdura was struck only by the singularity of the case.
원래 유순하고 단순해서 그런 건지, 어리석어서 그런 건지는 모르겠지만, 베르두라는 너무 특이한 경우라고 생각해서 깜짝 놀랐다.

A sudden impulse of merriment overtook him, bubbling out spontaneously:
갑자기 유쾌한 충동이 그를 사로잡아서 들뜨게 했다.

"Let us go to Rosalba!
"로살바에게 갑시다!

Let us go!
가자구요!

Let us go!"
갑시다!"

Taking the newcomer by the arm, he conducted him through the group of drinkers, waving his arms, and crying out:
그는 투를렌다나의 팔을 잡고 술꾼 사이로 그를 이끌고 팔을 흔들며 소리쳤다.

"Here is Turlendana, Turlendana the sailor!
"투를렌다나가 왔어요, 뱃사람 투를렌다나라구요!

The husband of my wife!
내 아내의 남편이에요!

Turlendana, who is not dead!
투를렌다나가 안 죽었어요!

Here is Turlendana!
투를렌다나가 왔어요!

Here is Turlendana!"
투를렌다나입니다."

Tale Four

TURLENDANA DRUNK
투를렌다나 취하다

The last glass had been drunk, and two o'clock in the morning was about to strike from the tower clock of the City Hall.
마지막 잔을 마시자, 시청의 시계탑 시계가 새벽 2시를 울리려 하고 있었다.

Said Biagio Quaglia, his voice thick with wine, as the strokes sounded through the silence of the night filled with clear moonlight:
시계 타종 소리가 맑은 달빛으로 가득 찬 밤의 정적 속에서 울려 퍼질 때, 비아지오 쿠아구리아가 와인을 많이 마셔 혀가 꼬부라진 목소리로 말했다.

"Well!
"자!

Isn't it about time for us to go?"
가야되지 않겠어요?"

Ciavola, stretched half under the bench, moved his

long runner's legs from time to time, mumbling about clandestine hunts-in the forbidden grounds of the Marquis of Pescara, as the taste of wild hare came up in his throat, and the wind brought to his nostrils the resinous odour of the pines of the sea grove.

벤치 아래에서 반쯤 뻗은 시아볼라는 자신의 장거리 육상 선수같은 다리를 이따금 흔들며, 야생 토끼의 맛이 목구멍으로 올라오고, 콧구멍으로는 바람이 실어다 주는 바다 근처 숲의 소나무 송진 냄새를 맡으며, 페스카라 후작의 금지된 땅에서 몰래 한 사냥에 대해 중얼거렸다.

Said Biagio Quaglia, giving the blond hunter a kick, and making a motion to rise:

비아지오 쿠아구리아는 금발의 사냥꾼을 발길질하며 일어나려고 하면서 말했다.

"Let us go."

"가자구요."

Ciavola with an effort rose, swaying uncertainly, thin and slender like a hunting hound.

흔들거리며 힘겹게 일어나고 있는 시아보라는 마치 삐쩍 마른 사냥개 같았다.

"Let us go, as they are pursuing us," he answered, raising his hand high in a motion of assent, thinking perhaps of the passage of birds through the air.

"가야죠, 그들이 우리를 쫓고 있단 말이에요," 그가 대답하며 동의한다는 의미로 손을 높이 들었다, 아마 하늘을 가로질러 새들이 날아가고 있는 것을 염두에 둔 듯하였다.

Turlendana also moved, and seeing behind him the wine woman, Zarricante, with her flushed raw cheeks and her

protruding chest, he tried to embrace her.
투를렌다나도 일어나서는, 뒤에 있는 화장하지 않은 빨갛게 상기된 뺨과 튀어나온 가슴을 한 술집 주인 자리칸테를 보고 껴안으려 했다.

But Zarricante fled from his embrace, hurling at him words of abuse.
그러나 자리칸테는 욕설을 퍼부으며 그가 껴안으려는 것을 피했다.

On the doorsill, Turlendana asked his friends for their company and support through a part of the road.
문턱에서 투를렌다나는 옆 사람들에게 가는 길에 조금만 부축해 달라고 부탁했다.

But Biagio Quaglia and Ciavola, who were indeed a fine pair, turned their backs on him jestingly, and went away in the luminous moonlight.
하지만 단짝 친구인 비아지오 쿠아그리아와 시아보라는 농담조로 그 청을 거절하더니 달빛이 환한 길로 멀어져 갔다.

Then Turlendana stopped to look at the moon, which was round and red as the face of a friar.
그러자 투를렌다나는 잠시 멈춰 서서는 수도사의 얼굴처럼 둥글고 붉은 달을 바라보았다.

Everything around was silent and the rows of houses reflected the white light of the moon.
주변의 모든 것들은 조용했고 길게 늘어선 집들은 밝은 달빛을 반사하고 있었다.

A cat was mewing this May night upon a door step.
고양이 한 마리가 5월의 밤의 문간에서 울고 있었다.

The man, in his intoxicated state, feeling a peculiarly tender inclination, put out his hand slowly and uncertainly to caress the animal, but the beast, being somewhat wild, took a jump and disappeared.
술 취한 남자가 머뭇거리며 천천히 손을 뻗어 고양이가 귀여워서 만지려 하자, 길들여지지 않는 고양이는 펄쩍 뛰어서 사라졌다.

Seeing a stray dog approaching, he attempted to pour out upon it the wealth of his loving impulses; the dog, however, paid no attention to his calls, and disappeared around the corner of a cross street, gnawing a bone.
주인 없는 개가 다가오는 것을 보고, 개를 충동적이고 지나치게 귀여워하려고 하자, 개는 그가 부르는 것에 아랑곳하지 않고 사거리 모퉁이를 돌아 사라져서는 뼈다귀를 물어뜯고 있었다.

The noise of his teeth could be heard plainly through the silence of the night.
개가 이빨로 내는 소리는 한밤의 고요함 속에서 분명하게 들렸다.

Soon after, the door of the inn was closed and Turlendana was left-standing alone under the full moon, obscured by the shadows of rolling clouds.
잠시 후, 주점의 문이 닫히고 투를렌다나는 흘러가는 구름 그림자에 가린 보름달 아래 홀로 남아 서 있었다.

His attention was struck by the rapid moving of all surrounding objects.
문득 그는 자신을 둘러싸고 있는 모든 사물이 빠르게 사라지는 것처럼 생각이 들었다.

Everything fled away from him.
모든 것들이 그에게서 멀어져 갔다.

What had he done that they should fly away?
그가 뭘 했다고 모든 것들이 사라지는 걸까?

With unsteady steps, he moved towards the river.
불안한 발걸음으로 그는 강 쪽으로 움직였다.

The thought of that universal flight as he moved along, occupied profoundly his brain, changed as it was by the fumes of the wine.
걷는 동안 모든 것이 사라져 버렸다는 생각이 그를 완전히 사로잡았으며, 술에 취하면 사람이 변하는 것처럼 그를 변화시켰다.

He met two other street dogs, and as an experiment, approached them, but they too slunk away with their tails between their legs, keeping close to the wall and when they had gone some little distance, they began to bark.
그는 다른 두 마리의 주인 없는 개를 만나 실험 삼아 그들에게 접근했지만, 그들도 꼬리를 다리 사이에 끼우고 슬금슬금 멀어져서 벽쪽으로 가서 조금 더 가더니, 짖어 대기 시작했다.

Suddenly, from every direction, from Bagno da Sant' Agostino, from Arsenale, from Pescheria, from all the lurid and obscure places around, the roving dogs ran up, as though in answer to a trumpet call to battle and the aggressive chorus of the famishing tribe ascended to the moon.
갑자기, 바그노 다 산타 고스 티노에서, 아르세날레에서, 페스체리아에서, 주변의 모든 섬뜩하고 후미진 장소에서, 떠돌이 개들이 전투 개시 나팔 소리와 달로 올라간 굶주린 부족의 공격적인 합창에 응답이라도 하는 듯이 모든 방향에서 달려왔다.

Turlendana was stupefied, while a sort of vague uneasiness awoke in his soul and he went on his way a

little more quickly, stumbling over the rough places in the
ground.
투를렌다나는 깜짝 놀랐다. 마음속에 막연한 불안감이 일어서 조금
빨리 가다가 땅의 요철진 곳에 발이 걸렸다.

When he reached the corner of the coopers, where the
large barrels of Zazetta were piled in whitish heaps like
monuments, he heard the heavy, regular breathing of a
beast.
그가 자제타의 큰 술통들이 희끄무레하게 싸여 유물처럼 보이는 쿠
퍼가 모퉁이에 이르렀을 때, 그는 어떤 짐승의 무겁고도 규칙적인
숨 쉬는 소리를 들었다.

As the impression of the hostility of all beasts had taken
a hold on him, with the obstinacy of a drunken man, he
moved in the direction of the sound, that he might make
another experiment.
마치 모든 짐승이 그에게 반감을 품고 있는 듯한 인상을 받았지만,
술 취한 사람의 고집으로, 그는 소리 나는 방향으로 움직여 또 다른
실험을 하고자 했다.

Within a low barn the three old horses of Michelangelo
were breathing with difficulty above their manger.
낮은 헛간 안에서 미켈란젤로의 늙은 말 세 마리가 여물통 위에서
힘겹게 숨을 쉬고 있었다.

They were decrepit beasts who had worn out their lives
dragging through the road of Chieti, twice every day, a
huge stage-coach filled with merchants and merchandise.
그들은 키에티의 길을, 하루에 두 번씩, 상인들과 상품들로 가득 찬
거대한 역마차를 끌며 평생 살아온 노쇠한 짐승이었다.

Under their brown hair, worn off in places by the rubbing

of the harness, their ribs protruded like so many dried shingles through a ruined roof.
마구의 마찰로 여기저기 사라진 갈색 털 아래의 갈비뼈들은 허물어진 지붕을 뚫고 나온 무수히 많은 마른 널빤지들 같았다.

Their front legs were so bent that their knees were scarcely perceptible, their backs were ragged like the teeth of a saw, and their skinny necks, upon which scarcely a vestige of mane was left, drooped towards the ground.
앞다리는 너무 구부러져 무릎이 어딘지 거의 알아볼 수 없었고, 등은 톱날처럼 너덜너덜했으며, 갈기의 흔적도 거의 남지 않은 비쩍 마른 목은 땅을 향해 처져 있었다.

A wooden railing inside barred the door.
헛간 안쪽의 목제 난간이 문을 막고 있었다.

Turlendana began encouragingly:
투를렌다나는 힘내라는 듯이 소리를 냈다.

"Ush, ush, ush!
"웃쌰, 웃쌰, 웃쌰!

Ush, ush, ush!"
웃쌰, 웃쌰, 웃쌰!"

The horses did not move, but breathed together in a human way.
말들은 움직이지 않았지만, 사람이 하는 것처럼 함께 숨을 쉬었다.

The outlines of their bodies appeared dim and confused through the bluish shadow within the barn, and the exhalations of their breath blent with that of the manure.
말들의 모습은 헛간 안의 푸르스름한 그림자속에서 흐릿하고 분명치 않아 보였으며, 말들처럼 거름도 숨을 내쉬는 듯했다.

"Ush, ush, ush!" pursued Turlendana in a lamenting tone, as when he used to urge Barbara to drink.
"웃쌰, 웃쌰, 웃쌰!" 투를렌다나는 이전에 바르바라에게 물을 마시라고 재촉하던 것처럼 애통한 듯 계속했다.

Again the horses did not stir, and again:
말들은 움직이지 않았다, 그래서 다시 한번.

"Ush, ush, ush!
"웃쌰, 웃쌰, 웃쌰!

Ush, ush, ush!"
웃쌰, 웃쌰, 웃쌰!"

One of the horses turned and placed his big deformed head upon the railing, looking with eyes which seemed in the moonlight as though filled with troubled water.
말 한 마리가 몸을 돌려 커다랗고 흉측한 머리를 난간 위에 올려놓고 달빛 속에 거친 물이 가득한 듯한 눈으로 바라보았다.

The lower skin of the jaw hung flaccid, disclosing the gums.
턱 아래 피부는 축 늘어져 잇몸이 드러났다.

At every breath the nostrils palpitated, emitting moist breath, the nostrils closing at times, and opening again to give forth a little cloud of air bubbles like yeast in a state of fermentation.
숨을 쉴 때마다 콧구멍이 벌렁거리며 습기 가득한 숨을 내쉬고, 콧구멍이 가끔 닫혔다가 다시 열리면 발효 상태의 효모같은 작은 기포 구름을 내뿜고 있었다.

At the sight of that senile head, the drunken man came to
his senses.
그 노쇠한 말 대가리를 보자 술 취한 남자는 정신이 들었다.

Why had he filled himself with wine, he, usually so sober?
왜 그는 그렇게 만취했을까? 보통 그는 술을 안 먹지 않았나?

For a moment, in the midst of his forgetful drowsiness,
the shape of his dying camel reappeared before his eyes,
lying on the ground with his long inert neck stretched out
on the straw, his whole body shaken from time to time
by coughing, while with every moan the bloated stomach
produced a sound such as issues from a barrel half filled
with water.
졸음이 밀려오면 뭐든 잘 잊는 그에게, 잠시, 죽어가는 낙타의 모습
이 그의 눈앞에 다시 나타났다. 낙타는 기력이 없어, 긴 목을 짚 위
에 쭉 뻗은 채 땅바닥에 누워 있었고, 때때로 기침으로 온몸이 떨렸
다. 신음할 때마다 부풀어 오른 배에서는 물을 반쯤 채운 통에서 나
는 소리가 났다.

A wave of pity and compassion swept over the man, as
before him rose this vision of the agony of the camel,
shaken by strange, hoarse sobs which brought forth a
moan from the enormous dying carcass, the painful
movements of the neck, rising for an instant to fall back
again heavily upon the straw with a deep, indistinct
sound, the legs moving as if trying to run, the tense tremor
of the ears, and the fixity of the eyeballs, from which
the sight seemed to have departed before the rest of the
faculties.
측은지심과 연민이 파도처럼 밀려오면서, 낙타가 고통스러워 하던
모습이 다시 떠올랐다. 죽어가는 그 거대한 몸에서 나오는 이상하

고 쉰듯한 신음 소리로 떨리고, 목은 고통스럽게 움직이며, 깊고 불분명한 소리와 함께 일어났다가 지푸라기 위로 다시 무겁게 쓰러지는 순간 다리는 뛰려는 듯이 움직이며, 귀는 긴장해서 떨리고, 다른 감각 기관들은 말짱한데 바라보던 것이 사라졌는데도 눈동자는 한 곳에 고정되어 있었다.

All this suffering came back clearly to his memory, vivid in its almost human misery.
이 모든 고통이 인간의 고통인 것처럼 생생하게 선명한 기억으로 떠올랐다.

He leaned against the railing and opened his mouth mechanically to again speak to Michelangelo's horse:
그는 난간에 기대어 무의식적으로 입을 열어 미켈란젤로의 말에게 다시 소리쳤다.

"Ush, ush, ush!
"웃쨔, 웃쨔, 웃쨔!

Ush, ush, ush!"
웃쨔, 웃쨔, 웃쨔!"

Then Michelangelo, who from his bed had heard the disturbance, jumped to the window above and began to swear violently at the troublesome disturber of his night's rest.
그러자 침대에서 이런 소동을 듣고 있던 미켈란젤로가 창문 위로 뛰어올라 밤의 숙면을 방해하는 사람에게 심하게 욕을 하기 시작했다.

"You damned rascal!
"이런 빌어먹을 놈아!

Go and drown yourself in the Pescara River!
페스카라 강에 가서 뒈져 버려라!

Go away from here.
꺼져, 여기서.

Go, or I will get a gun!
꺼져, 안 그러면 총으로 쏴버릴 거야!

You rascal, to come and wake up sleeping people!
이놈의 새끼야, 왜 괜히 와서 잠자는 사람들을 깨우냐?

You drunkard, go on; go away!"
술 취했으면 가라고, 가!"

Turlendana, staggering, started again towards the river.
투를렌다나는 비틀거리며 강을 향해 다시 출발했다.

When at the cross-roads by the fruit market, he saw a group of dogs in a loving assembly.
과일 시장 옆의 교차로에서, 교미를 하고 있는 한 무리의 개들을 보았다.

As the man approached, the group of canines dispersed, running towards Bagno.
남자가 다가오자 모여있던 개들이 흩어지더니 바구노쪽으로 달려갔다.

From the alley of Gesidio came out another horde of dogs, who set off in the direction of Bastioni.
게시디오 골목에서 또 다른 개떼가 나타나서는 바스티오니 방향으로 달아났다.

All of the country of Pescara, bathed in the sweet light of the full moon of the springtime, was the scene of the fights of amorous canines.
보름달의 달콤한 빛에 휩싸인 봄날의 페스카라 전역에서 교미하는 개들이 싸우고 있었다.

The mastiff of Madrigale, chained to watch over a slaughtered ox, occasionally made his deep voice heard, and was answered by a chorus of other voices.
사슬에 묶인 채 도살된 소를 감시하는 마드리갈레의 마스티프가 때때로 굵은 목소리를 내면 다른 개들이 이에 화답하였다.

Occasionally a solitary dog would pass on the run to the scene of a fight.
이따금씩 개가 한 마리씩 개들이 싸우고 있는 곳으로 달려가곤 하였다.

From within the houses, the howls of the imprisoned dogs could be heard.
그러면 집 안에 갇힌 개들의 울음소리를 들을 수 있었다.

Now a still stranger trouble took hold upon the brain of the drunken man.
이제, 이 술 취한 사람의 뇌에서는 아주 이상한 현상이 벌어지고 있었다.

In front of him, behind him, around him, the imaginary flight of things began to take place again more rapidly than before.
그의 앞에서, 그의 뒤에서, 그의 주위에서, 사물들이 점점 더 빨리 날아다니기 시작했다.

He moved forward, and everything moved away from

him, the clouds, the trees, the stones, the river banks, the poles of the boats, the very houses,-all retreated at his approach.
그가 앞으로 나아가자, 모든 것들이 그에게서 멀어졌다. 구름, 나무, 돌, 강둑, 배의 기둥, 그리고 집 - 모든 것들이 그가 접근하자 멀어져 갔다.

This evident repulsion and universal reprobation filled him with terror.
이런 식으로 분명히 그를 혐오하고 모든 것들이 그를 배척하는 듯하자 그는 두려움에 빠졌다.

He halted.
그가 멈춰 섰다.

His spirit grew depressed.
그의 기분은 우울했다.

Through his disordered brain a sudden thought ran.
그의 어수선한 머리속에 갑자기 어떤 일이 생각났다.

"The fox!"
"여우!"

Even that fox of a Ciavola did not wish to remain with him longer!
그 여우 같은 시아보라도 그와 더 함께 있기를 원하지 않았었다!

His terror increased.
그의 공포는 점점 증가했다.

His limbs trembled violently.
그의 손발이 심하게 떨렸다.

However, impelled by this thought, he descended among the tender willow trees and the high grass of the shore.
그러나 그는 그런 생각을 하면서, 부드러운 버드나무와 해안의 웃자란 풀 사이로 내려갔다.

The bright moon scattered over all things a snowy serenity.
밝은 달이 눈으로 덮인 듯한 만물 위에 평온을 흩뿌리고 있었다.

The trees bent peacefully over the bank, as though contemplating the running water.
나무들은 마치 흐르는 물을 응시하는 것처럼 제방 위로 평화롭게 구부러져 있었다.

Almost it seemed as though a soft, melancholy breath emanated from the somnolence of the river beneath the moon.
달 아래 자는 듯한 강에서는 부드럽고 우울한 숨결이 뿜어져 나오는 것 같았다.

The croaking of frogs sounded clearly.
개구리들의 울음소리가 선명하게 들렸다.

Turlendana crouched among the plants, almost hidden.
투를렌다나는 풀들 사이에 웅크리고 있어서 거의 보이지 않았다.

His hands trembled on his knees.
무릎 위에 얹은 손이 떨렸다.

Suddenly he felt something alive and moving under him; a frog!
갑자기 뭔가 살아 있는 것이 그의 아래쪽에서 움직이는 것이 느껴졌다. 개구리였다!

He uttered a cry.
그는 비명을 질렀다.

He rose and began to run, staggering, amongst the willow
trees impeding his way.
그는 일어나서 앞을 가로막는 버드나무 사이를 비틀거리며 달리기
시작했다.

In his uneasiness of spirit, he felt terrified as though by
some supernatural occurrence.
불안한 마음이 들어 마치 초자연적인 현상이라도 발생한 것처럼 공
포를 느꼈다.

Stumbling over a rough place in the ground, he fell on his
stomach, his face pressed into the grass.
요철진 곳에 발이 걸려서, 앞으로 넘어져 얼굴을 땅에 부딪혔다.

He got up with much difficulty, and stood looking around
him at the trees.
그는 아주 힘들게 일어나서는 주변의 나무들을 바라보았다.

The silvery silhouette of the poplars rose motionless
through the silent air, making their tops seem unusually
tall.
포플러의 은빛 실루엣이 고요한 공기 중에 조금도 움직이지 않고
솟아올라 있어, 그 위쪽은 비정상적으로 높아 보였다.

The shores of the river would vanish endlessly, as if they
were something unreal, like shadows of things seen in
dreams.
강기슭은 꿈에서 봤던 것들의 그림자들같이 현실이 아닌 것처럼 끝

없이 사라져갔다.

Upon the right side, the rocks shone resplendently, like crystals of salt, shadowed at times by the moving clouds passing softly overhead like azure veils.
오른쪽에 있는 바위들은 소금 결정처럼 눈부시게 빛났고, 가끔 푸른 베일처럼 부드럽게 머리 위로 지나가는 움직이는 구름으로 그림자가 드리워졌다.

Further on the wood broke the horizon line.
수평선은 좀 더 멀리 있는 숲까지 이어져 있었다.

The scent of the wood and the soft breath of the sea were blended.
나무의 향기와 바다의 부드러운 숨결이 함께 섞였다.

"Oh, Turlendana!
"오, 투를렌다나!

Ooooh!" a clear voice cried out.
오오오!" 뚜렷한 목소리가 들렸다.

Turlendana turned in amazement.
투를렌다나는 깜짝 놀라서 뒤를 돌아보았다.

"Oh, Turlendana, Turlendanaaaaa!"
"오, 투를렌다나, 투를렌다나아아아!"

It was Binchi-Banche, who came up, accompanied by a customs officer, through the path used by the sailors through the willow-tree thicket.
빈치-반체가 세관원과 함께 버드나무 덤불 사이의 선원들이 다니는 길로 올라왔다.

"Where are you going at this time of night?
"이 밤에 어디를 가시는 거예요?

To weep over your camel?" asked Binchi-Banche as he approached.
낙타때문에 그래요?" 빈치-반체가 다가가면서 물었다.

Turlendana did not answer at once.
투를렌다나는 바로 대답하지는 않았다.

He was grasping his trousers with one hand; his knees were bent forward and his face wore a strange expression of stupidity, while he stammered so pitifully that Binchi-Banche and the customs officer broke out into boisterous laughter.
그는 한 손으로 바지를 잡고 있었다. 무릎은 앞으로 구부리고 얼굴은 이상하게 바보 같은 표정을 지으며 너무 불쌍하게 말을 더듬어서, 빈치-반체와 세관원은 박장대소하였다.

"Go on!
"갑시다!

Go on!" exclaimed the wrinkled little man, grasping the drunken man by the shoulders and pushing him towards the seashore.
가자구요!" 주름지고 키작은 남자가 술 취한 남자의 어깨를 잡고 강변 쪽으로 밀며 외쳤다.

Turlendana moved forward.
투를렌다나는 앞으로 나아갔다.

Binchi-Banche and the customs officer followed him at a

little distance, laughing and speaking in low voices.
빈치-반체와 세관원은 조금 떨어져 그를 따라가면서 웃으며 낮은 목소리로 말했다.

He reached the place where the verdure terminated and the sand began.
그는 풀밭이 끝나고 모래가 시작되는 지점에 이르렀다.

The grumbling of the sea at the mouth of the Pescara could be heard.
페스카라 하구에서는 바다의 으르렁거리는 소리가 들렸다.

On a level stretch of sand, stretched out between the dunes, Turlendana ran against the corpse of Barbara, which had not yet been buried.
모래 언덕 사이에 평평하게 펼쳐진 모래 위에서 투를렌다나는 아직 묻히지 않은 바르바라의 사체를 향해 달려갔다.

The large body was skinned and bleeding, the plump parts of the back, which were uncovered, appeared of a yellowish colour; upon his legs the skin was still hanging with all the hair; there were two enormous callous spots; within his mouth his angular teeth were visible, curving over the upper jaw and the white tongue; for some unknown reason the under lip was cut, while the neck resembled the body of a serpent.
커다란 몸뚱이에서는 피부가 벗겨지고 피가 나고 있었으며, 등 쪽의 통통한 부분은 가리지 않아서 누르스름하게 드러나 있었다. 다리 쪽은 아직 털이 벗겨지지는 않았고 두 개의 커다란 굳은살 부분이 있었다. 입안에서는 각진 이빨들을 볼 수 있었으며, 위턱과 하얀 혀 위로 휘어져 있었다. 알 수 없는 이유로 아랫입술은 잘려져 있었고 목은 뱀 같았다.

At the appearance of this ghastly sight, Turlendana burst into tears, shaking his head, and moaning in a strange unhuman way:
이 끔찍한 모습을 보자 투를렌다나는 눈물을 흘리고 고개를 흔들며 사람이 아닌 것처럼 신음했다.

"Oho!
"오!

Oho!
오!

Oho!"
오!"

In the act of lying down upon the camel, he fell.
낙타 위에 누우려다 그는 쓰러졌다.

He attempted to rise, but the stupor caused by the wine overcame him, and he lost consciousness.
그는 일어나려고 했지만, 술에 취해 인사불성인 상태라 의식을 잃고 말았다.

Seeing Turlendana fall, Binchi-Banche and the customs officer came over to him.
투를렌다나가 쓰러지는 것을 보고 빈치-반체와 세관 직원이 그에게 다가왔다.

Taking him, one by the head and the other by the feet, they lifted him up and laid him full length upon the body of Barbara, in the position of a loving embrace.
한 사람은 머리를, 다른 사람은 발을 잡고, 그를 들어 올려 사랑스러워서 껴안는 것처럼 바바라의 몸 위에 길게 눕혔다.

Laughing at their deed, they departed.
그들은 자신들의 행동에 깔깔대며 떠나 버렸다.

And thus Turlendana lay upon the camel until the sun
rose.
투를렌다나는 해가 뜰 때까지 낙타 위에 누워 있었다.

Tale Five

THE GOLD PIECES
금화

Passacantando entered, rattling the hanging glass doors violently, roughly shook the rain-drops from his shoulders, took his pipe from his mouth, and with disdainful unconcern looked around the room.
파사칸탄도는 덜컹거리며 유리 걸이문을 세차게 열어젖히고, 어깨에서 빗방울들을 대충 털어내면서 방으로 들어와서는, 입에서 담뱃대를 떼고, 경멸하듯, 관심 없는 듯, 방을 둘러보았다.

In the tavern the smoke of the tobacco was like a bluish cloud, through which one could discern the faces of those who were drinking: women of bad repute; Pachio, the invalided soldier, whose right eye, affected with some repulsive disease, was covered by a greasy greenish band; Binchi-Banche, the domestic of the customs officers, a small, sturdy man with a surly, yellow-hued face like a lemon without juice, with a bent back and his thin legs thrust into boots which reached to his knees; Magnasangue, the go-between of the soldiers, the friend of comedians, of jugglers, of mountebanks, of fortune-tellers, of tamers of bears,- of all that ravenous and rapacious rabble which passes through the towns to snatch from the idle and curious people a few pennies.

선술집의 푸르스름한 구름 같은 담배 연기 속에서 술 마시는 사람들의 얼굴이 보였다. 평판이 좋지 않은 여자들, 오른쪽 눈에 불결한 질병에 걸려 기름으로 번득이는 녹색 안대를 한 병약한 병사 파치오, 세관원들의 가사 도우미이며, 작고 딴딴한 몸집, 심술맞은 얼굴, 쭉정이 레몬 같은 누런 낯빛, 굽은 등, 가느다란 다리를 무릎까지 부츠에 찔러 넣은 빈치-반체, 군인들의 중재자, 코미디언들, 곡예사들, 사기꾼들, 점쟁이들, 곰 조련사들의 친구이며, 게으르고 호기심 많은 사람으로부터 몇 푼 안 되는 돈이라도 갈취할 생각으로 여러 마을을 싸돌아다니는 굶주리고 탐욕스러운 건달들의 친구인 마그나상구에를 볼 수 있었다.

Then, too, there were the belles of the Fiorentino Hall, three or four women faded from dissipation, their cheeks painted brick colour, their eyes voluptuous, their mouths flaccid and almost bluish in colour like over-ripe figs.

그리고 피오렌티노 주점의 여자들도 또한 거기 있었다. 그중 3~4명은 이미 퇴기처럼 보였는데, 그녀들의 뺨은 벽돌색으로 칠해져 있었고, 눈은 관능적이며, 너무 익은 무화과처럼 거의 푸르스름한 색을 띠고 있는 입술은 탄력이 없어 보였다.

Passacantando crossed the room, and seated himself between the women Pica and Peppuccia on a bench against the wall, which was covered with indecent figures and writing.

파사칸탄도는 방을 가로질러, 외설적인 그림과 낙서들로 가득한 벽 앞의 의자에 ,피카와 페푸치아를 양옆에 두고 앉았다.

He was a slender young fellow, rather effeminate, with a very pale face from which protruded a nose thick, rapacious, bent greatly to one side; his ears sprang from his head like two inflated paper bags, one larger than

the other; his curved, protruding lips were very red, and
always had a small ball of whitish saliva at the corners.
그는 갸름하고, 젊고, 어쩐지 여자 같고, 매우 창백한 얼굴에, 코는
두툼하고 탐욕스러웠으며 한쪽으로 많이 구부러져 있었다. 그의 귀
는 마치 두 개의 부풀린 종이 봉투처럼 그의 머리에서 튀어나왔으
며 한 쪽이 다른 쪽보다 더 컸다. 그의 둥글고 튀어나온 입술은 매
우 붉었고 항상 모서리에 희끄무레한 침이 작은 공처럼 뭉쳐져 있
었다.

Over his carefully combed hair he wore a soft cap,
flattened through long use.
공들여 빗은 머리 위에, 오랫동안 사용해서 평평해진 낡은 모자를
쓰고 있었고,

A tuft of his hair, turned up like a hook, curled down over
his forehead to the roots of his nose, while another curled
over his temple.
갈고리처럼 위로 휘어진 그의 한쪽 머리카락들은 동그랗게 말려 이
마를 덮고 코가 시작하는 부분까지 내려가 있었으며, 다른 쪽 머리
카락들은 곱슬곱슬하게 그의 관자놀이를 덮고 있었다.

A certain licentiousness was expressed in every gesture,
every move, and in the tones of his voice and his glances.
몸짓 하나하나, 동작 하나하나, 목소리 톤과 눈길에 음탕함이 묻어
있었다.

"Ohe," he cried, "Woman Africana, a goblet of wine!"
beating the table with his clay pipe, which broke from the
force of the blow.
"오," 그가 외쳤다, "주인장, 포도주 한 잔이요!", 점토로 된 파이프
로 테이블을 두들기자 파이프는 그만 깨져 버렸다.

The woman Africana, the mistress of the inn, left the bar

and came forward towards the table, waddling because of her extreme corpulence, and placed in front of Passacantando a glass filled to the brim with wine.
주막의 주인인 우먼 아프리카나는, 카운터에서 나와서 고도 비만으로 뒤뚱거리며 테이블로 와, 와인이 가득 찬 잔을 파사칸탄도 앞에 놓았다.

She looked at him as she did so with eyes full of loving entreaty.
그녀는 잔뜩 사랑을 바라는 눈초리로 그를 바라보았다.

Passacantando suddenly flung his arm around the neck of Peppuccia, forced her to drink from the goblet, and then thrust his lips against hers.
파사칸탄도는 갑자기 페푸치아의 목에 팔을 두르고 그녀에게 술잔의 술을 마시게 한 다음, 거칠게 자신의 입술을 페푸치아의 입술에 갖다 대었다.

Peppuccia laughed, disentangling herself from the arms of Passacantando, her laughter causing the unswallowed wine to spurt from her mouth into his face.
페푸치아는 웃으면서 파사칸탄도의 팔을 풀었는데, 그녀가 웃어서 삼키지 않은 포도주가 그녀의 입에서 그의 얼굴로 뿜어져 나왔다.

The woman Africana grew livid.
우먼 아프리카나의 안색이 납빛이 되었다.

She withdrew behind the bar, where the sharp words of Peppuccia and Pica reached her ears.
그녀는 카운터 뒤로 다시 돌아갔다. 거기에서도 페푸치아와 피카의 새된 목소리가 들렸다.

The glass door opened, and Fiorentino appeared on the

threshold, all bundled up in a cloak, like the villain of a cheap novel.
유리문이 열리고 피오렌티노가 문가에 나타났는데, 그는 싸구려 소설의 악당처럼 온통 망토를 두르고 있었다.

"Well, girls," he cried out in a hoarse voice, "it is time for you to go."
"얘들아," 그가 쉰 목소리로 외쳤다. "이제 그만 가자."

Peppuccia, Pica, and the others rose from their seats beside the men and followed their master.
페푸치아, 피카, 다른 여자들이 남자들 옆자리에서 일어나 주인을 따라갔다.

It was raining hard, and the Square of Bagno was transformed into a muddy lake.
비가 거세게 내리자 바구노 광장은 진흙 호수로 변했다.

Pachio, Magnasangue, and the others left one after another until only Binche-Banche, stretched under the table in the stupor of intoxication, remained.
파치오, 마그나상구에, 다른 사람들은 하나둘 떠나고, 술에 취해 테이블 아래 길게 뻗은 빈체-반체만이 남게 되었다.

The smoke in the room gradually grew less, while a half-plucked dove pecked from the floor the scattered crumbs.
방안의 연기는 점차 줄어들었고, 반쯤 털이 뽑힌 비둘기가 바닥에 흩어진 빵 부스러기를 쪼아 먹었다.

As Passacantando was about to rise, Africana moved slowly towards him, her unshapely figure undulating as she walked, her full-moon face wrinkled into a grotesque and affectionate grimace.

파사칸탄도가 일어나려고 할 때, 아프리카나는 천천히 그에게로 다가갔다. 그녀의 보기 흉한 모습은 걸음을 옮기자 물결치듯 출렁댔고, 보름달 같은 얼굴은 주름이 잡혀 기괴하면서도 애정이 넘치는 찡그린 얼굴이 되었다.

Upon her face were several moles with small bunches of hair growing out from them, a thick shadow covered her upper lip and her cheeks.
그녀의 얼굴에는 점이 몇 개가 있었는데, 거기에는 털들이 조금 나 있었고 그녀의 입술 위쪽과 뺨은 짙은 그림자가 진 듯 거뭇거뭇했다.

Her short, coarse, and curling hair formed a sort of helmet on her head; her thick eyebrows met at the top of her flat nose, so that she looked like a creature affected with dropsy and elephantiasis.
그녀의 짧고 거칠고 곱슬곱슬한 머리카락은 머리에 일종의 투구같았으며, 평평한 코 위쪽의 두꺼운 눈썹 때문에 그녀는 수종이나 상피병에 걸린 동물처럼 보였다.

When she reached Passacantando, she grasped his hands in order to detain him.
그녀가 파사칸탄도에게 왔을 때, 그녀는 그가 달아나지 못하게 그의 손을 잡았다.

"Oh, Giuva!
"오, 쥬바!

What do you want?
원하는 게 뭐죠?

What have I done to you?"
내가 당신에게 무슨 짓을 했나요?"

"You?
"당신이요?

Nothing."
아무것도 한 게 없는데요."

"Why then do you cause me such suffering and torment?"
"그럼 나에게 왜 이런 괴로움과 고통을 주나요?"

"I?
"내가요?

I am surprised!...
난 모르겠는데요!...

Good night!
안녕히 계세요!

I have no time to lose just now," and with a brutal gesture, he started to go.
난 지금 시간이 없어요," 라며 사나운 몸짓을 하며 그가 가려고 하였다.

But Africana threw herself upon him, pressing his arms, and putting her face against his, leaning upon him with her full weight, with a passion so uncontrolled and terrible that Passacantando was frightened.
그러나 아프리카나는 통제가 안 되는 끔찍한 격정으로 그에게 몸을 던져 그의 팔을 누르고, 자신의 얼굴을 그의 얼굴에 대고, 온몸을 그에게 기대자, 파사칸탄도는 섬뜩해졌다.

"What do you want?

"원하는 게 뭐예요?

What do you want?
원하는 게 뭐죠?

Tell me!
말해보세요!

What do you want?
원하는 게 뭐죠?

Why do I do this?
내가 왜 이럴까요?

I hold you!
내가 이렇게 당신을 안고 있잖아요!

Stay here!
여기 계세요!

Stay with me!
저와 함께 있어요!

Don't make me die of longing; don't drive me mad!
날 외로워 죽게 하지 마세요. 날 미치게 하지 말아요!

What for?
왜 그러시죠?

Come,-take everything you find ..."
오세요, 모든 게 당신 거예요...."

She drew him towards the bar, opened the drawer, and

with one gesture offered him everything it contained.
그녀는 그를 카운터 쪽으로 끌고 와서는 서랍을 열고, 거기 있는 모든 것을 그에게 주겠다는 몸짓을 했다.

In the greasy till were scattered some copper coins, and a few shining silver ones, the whole amounting to perhaps five lire.
기름 때가 묻어 끈적끈적한 서랍 속에는 구리 동전 몇 개와 빛나는 은 동전 몇 개가 흩어져 있었는데 다해서 아마 5리라였을 것이다.

Passacantando, without saying a word, picked up the coins and began to count them slowly upon the bar, his mouth showing an expression of disgust.
파사칸탄도는 아무 말도 하지 않고 동전을 집어 카운터에 올려놓고 천천히 세기 시작하더니, 그의 입에는 혐오감이 드러나고 있었다.

Africana looked at the coins and then at the face of the man, breathing hard, like a tired beast.
아프리카나는 지친 야수처럼 가쁜 숨을 몰아쉬며 동전을 쳐다보다가 그의 얼굴을 쳐다보았다.

One heard the tinkling of the coins as they fell upon the bar, the rough snoring of Binchi-Banche, the soft pattering of the dove in the midst of the continuous sound of the rain and the river down below the Bagno and through the Bandiera.
카운터에 떨어지는 쨍그랑거리는 동전들 소리, 빈치-반체의 거친 코 고는 소리, 계속되는 빗소리와 바구노 아래와 반디에라를 통과하는 강물 소리에도 비둘기가 부드럽게 구구대는 소리가 들렸다.

"Those are not enough," Passacantando said at last.
"이걸로는 충분하지 않아요,"라고 파사칸탄도가 마침내 입을 뗐다.

"I must have more than those; bring out some more, or I will go."
"이것보다 많아야 해요. 더 가져오세요, 안 그러면 가겠습니다."

He had crushed his cap down over his head, and from beneath his forehead with its curling tuft of hair, his whitish eyes, greedy and impudent, looked at Africana attentively, fascinating her.
그는 머리 위로 모자를 눌러 쓰고는, 곱슬곱슬한 머리카락이 있는 이마 아래 탐욕스럽고 뻔뻔스럽고 희끄무레한 눈으로 아프리카나를 지긋이 바라보며 그녀를 매료시켰다.

"I have no more; you have seen all there is.
"더는 없어요. 거기 있는 것 다 보셨잖아요.

Take all that you find ..." stammered Africana in a caressing and supplicating voice, her double chin quivering and her lips trembling, while the tears poured from her piggish eyes.
다 가져가세요...."라고 달래는 듯이 간청하는 목소리로 아프리카나는 더듬거렸다, 그녀의 이중 턱이 흔들리고 입술이 떨리면서 그녀의 돼지 같은 눈에서 눈물이 쏟아졌다.

"Well," said Passacantando softly, bending over her, "well, do you think I don't know that your husband has some gold pieces?"
"음," 파사칸탄도는 그녀에게 몸을 굽히며 부드럽게 말했다. "음, 당신 남편이 금화를 가지고 있었다는 것을 내가 모를 거라고 생각하나요?"

"Oh, Giovanni!
"오, 지오반니!

... how can I get them?"
...제가 어떻게 그걸 가져와요?"

"Go and take them, at once.
"지금요, 바로 가서 가져오세요.

I will wait for you here.
여기서 기다릴게요.

Your husband is asleep, now is the time.
당신의 남편이 자고 있잖아요. 지금이라구요.

Go, or you'll not see me any more, in the name of Saint Antony!"
가요, 안가면 앞으로 결코 나를 볼 수 없을 겁니다!"

"Oh, Giovanni!...
"오, 지오반니!....

I am afraid!"
무서워요!"

"What?
"뭐라구요?

Fear or no fear, I am going; let us go."
"무섭든 안 무섭든 상관없어요, 난 갑니다. 자, 갑시다."

Africana trembled; she pointed to Binchi-Banche still stretched under the table in a heavy sleep.
아프리카나는 떨고 있었다. 그녀는 아직 깊은 잠에 빠져 탁자 아래에 뻗어 있는 빈치-반체를 가리켰다.

"Close the door first," she said submissively.
"먼저 문을 닫으세요." 그녀가 알았다는 듯이 말했다.

Passacantando roused Binchi-Banche with a kick, and dragged him, howling and shaking with terror, out into the mud and slush.
파사칸탄도는 발로 차서 빈치-반체를 일으켜서, 놀라서 소리 지르고 떨고 있는 그를 진흙과 진창으로 질질 끌어내고는,

He came back and closed the door.
다시 돌아와 문을 닫았다.

The red lantern that hung on one of the shutters threw a rosy light into the tavern, leaving the heavy arches in deep shadow, and giving the stairway in the angle a mysterious look.
선술집의 곁문 중 하나에 걸린 장미빛을 내는 붉은 등 때문에 짙은 그림자 속에 무거운 아치가 생기게 되었고, 모퉁이에 있는 계단은 신비롭게 보였다.

"Come!
"어서요!

Let us go!" said Passacantando again to the still trembling Africana.
가자구요!" 아직도 떨고 있는 아프리카나에게 파사칸탄도가 다시 재촉했다.

They slowly ascended the dark stairway in the corner of the room, the woman going first, the man following close behind.
그들은 천천히 구석에 있는 어두운 계단을 올라갔다. 여자가 먼저 가고 남자가 그 뒤를 바짝 뒤쫓았다.

At the top of the stairway they emerged into a low room, planked with beams.
계단 꼭대기에서 그들은 들보가 깔린 낮은 방으로 들어갔다.

In a small niche in the wall was a blue Majolica Madonna, in front of which burned, for a vow, a light in a glass filled with water and oil.
벽의 조그마하게 움푹 들어간 부분에는 파란색 마졸리카 성모상이 있었는데 그 앞에는 서약을 위해 물과 기름으로 채워진 유리잔 안에 불이 타고 있었다.

The other walls were covered with a number of torn paper pictures, of as many colours as leprosy.
다른 벽은 문둥이처럼 울긋불긋하게 찢어진 종이 그림으로 덮여 있었다.

A distressing odour filled the room.
지독한 냄새가 방안을 가득 채웠다.

The two thieves advanced cautiously towards the marital bed, upon which lay the old man, buried in slumber, breathing with a sort of hoarse hiss through his toothless gums and his dilated nose, damp from the use of tobacco, his head turned upon one cheek, resting on a striped cotton pillow.
두 도둑은 조심스럽게 부부의 침대로 다가갔는데, 침대 위에는 한 노인이 이빨 없는 잇몸과 담배에 절어 축축한 벌름거리는 콧구멍으로 쉰 소리를 내며 머리를 돌려 한 쪽 뺨을 줄무늬 면 베개에 대고 잠에 빠져 있었다.

Above his open mouth, which looked like a cut made in a rotten pumpkin, rose his stiff moustache; one of his eyes, half opened, resembled the turned over ear of a dog, filled with hair, covered with blisters; the veins stood out boldly upon his bare emaciated arm which lay outside the coverlet; his crooked fingers, habitually grasping, clutched the counterpane.

썩은 호박에 구멍을 낸 것 같이 벌린 입 위로는 뻣뻣한 콧수염이 자라있었다. 한쪽 눈은 반쯤 뜨고 있었는데, 털이 덥수룩하고 물집으로 덮인 개의 귀를 뒤집어 놓은 것 같았다. 이불 밖에 있는 헐벗고 수척한 팔에는 핏줄들이 눈에 보이게 드러나 있었으며 습관적으로 뭔가를 움켜쥐고 있던 굽은 손가락은 카운터판을 움켜쥐고 있었다.

Now, this old fellow had for a long time possessed two twenty-franc pieces, which had been left him by some miserly relative; these he guarded jealously, keeping them in the tobacco in his horn snuff-box, as some people do musk incense.

이 노인은 오랫동안 20프랑 두 닢을 가지고 있었는데, 그것은 비참한 한 친척이 그에게 남긴 것이었다. 그는 어떤 사람들이 사향을 간직하는 것처럼 이것을 뿔로 만든 코담배 상자 속에 담배들과 함께 넣어 애지중지 간직하고 있었다.

There lay the shining pieces of gold, and the old man would take them out, look at them fondly, feel of them lovingly between his fingers, as the passion of avarice and the lust of possession grew within him.

거기에 빛나는 금화들이 있었다. 노인은 그것들을 꺼내서 애정 어린 시선으로 바라보고, 탐욕과 소유욕이 스멀스멀 올라 올 때면, 손가락으로 그 금화들을 다정스레 만져 보곤 했다

Africana approached slowly, with bated breath, while Passacantando, with commanding gestures, urged her to the theft.

아프리카나는 숨을 죽이고 천천히 다가갔는데, 파사칸탄도는 명령

하듯이 그녀에게 훔쳐 오라고 재촉했다.

There was a noise below; both stopped.
아래 쪽에서 어떤 소리가 들리자, 둘은 잠시 멈췄다.

The half-plucked dove, limping, fluttered to its nest in an old slipper at the foot of the bed, but in settling itself, it made some noise.
털이 반쯤 뽑힌 비둘기가 절뚝거리며 침대 다리 쪽의 낡은 슬리퍼 안에 있는 둥지로 들어가려고 날개를 퍼득 거리다가 자리를 잡으면서 소리가 조금 나자,

The man, with a quick, brutal motion, snatched up the bird and choked it in his fist.
남자는 빠르고 잔인한 동작으로 새를 잡아 주먹을 쥐어 질식시켰다.

"Is it there?" he asked of Africana.
"있나요?" 그가 아프리카나에게 물었다.

"Yes, it is there, under the pillow," she answered, sliding her hand carefully under the pillow as she spoke.
"네, 있어요, 베개 아래요," 라고 말하면서 그녀는 베개 아래로 손을 조심스럽게 밀어 넣었다.

The old man moved in his sleep, sighing involuntarily, while between his eyelids appeared a little rim of the whites of his eyes.
노인은 무의식적으로 한숨을 쉬며 잠을 자고 있었다. 눈꺼풀 사이로는 흰자위가 조금 보였다.

Then he fell back in the heavy stupor of senile drowsiness.
그러다가 노쇠한 그는 다시 정신없이 잠에 빠져들었다.

Africana, in this crisis, suddenly became audacious, pushed her hand quickly forward, grasped the tobacco box and rushed towards the stairs, descending with Passacantando just behind her.

조마조마해하던 아프리카나는 갑자기 과감해져서 재빨리 손을 앞으로 뻗어 담뱃갑을 잡고 계단을 향해 달려갔다. 파사칸탄도가 바로 뒤에서 그녀를 따라 아래로 내려갔다.

"Lord!

"오, 주여!

Lord!

주여!

See what I have done for you!" she exclaimed, throwing herself upon him.

당신을 위해 제가 한 거 보셨죠!" 그녀가 그에게 몸을 던지며 소리쳤다.

With shaking hands, they started together to open the snuff-box and look among the tobacco for the gold pieces.

떨리는 손으로, 그들은 함께 코담배 상자를 열고 담배 사이에서 금화들을 찾기 시작했다.

The pungent odour of the tobacco arose to their nostrils, and both, as they felt the desire to sneeze, were seized with a strong impulse to laugh.

맵싸한 담배 냄새가 코에 올라오자, 두 사람은 재채기를 하고 싶었지만, 갑자기 웃고 싶은 충동이 강하게 들었다.

In endeavouring to repress their sneezes, they staggered

against one another, pushing and wavering.
재채기 소리를 안 들리게 하려고, 그들은 서로에게 기대어 몸을 앞뒤로 흔들며 비틀거렸다.

But suddenly an indistinct growling was heard, then hoarse shouts broke forth from the room above, and the old man appeared at the top of the stairs.
그런데 갑자기 분명치 않은 이상한 소리가 들리더니, 위층 방에서 목쉰 고함 소리가 들리면서 계단 위쪽에 노인이 나타났다.

His face was livid in the red light of the lantern, his form thin and emaciated, his legs bare, his shirt in rags.
그의 얼굴은 등불의 붉은 빛이 비쳐 격노한 듯 보였고, 그의 몸은 가늘고 수척했으며, 다리를 드러내고 있었고, 그의 셔츠는 해져 있었다.

He looked down at the thieving couple, and, waving his arms like a damned soul, cried:
그는 도둑들을 내려다보며 저주받은 영혼처럼 팔을 흔들며 외쳤다.

"The gold pieces!
"금화!

The gold pieces!
금화!

The gold pieces!"
금화!"

Tale Six

SORCERY
마법

When seven consecutive sneezes of Mastro Peppe De Sieri, called La Brevetta, resounded loudly in the square of the City Hall, all the inhabitants of Pescara would seat themselves around their tables and begin their meal.
라 브레베타라고 불리는 마스트로 페페 데 시에리의 재채기가 시청 광장에서 크게 7번 연속으로 울려 퍼지면, 페스카라의 모든 사람은 각각 테이블에 둘러앉아 식사를 시작하곤 했다.

Soon after the bell would strike twelve, and simultaneously, the people would become very hilarious.
종이 열 두 번 치고 나면, 사람들은 바로 웃음을 터뜨렸다.

For many years La Brevetta had given this joyful signal to the people daily, and the fame of his marvellous sneezing spread through all the country around, and also through the adjoining countries.
수년 동안, 라 브레베타가 매일 사람들에게 이렇게 즐거운 신호를 선사하자, 그의 신기한 이런 재채기의 명성은 마을 전체로, 인접 마을로 퍼져 나갔다.

His memory still lives in the minds of the people, for he originated a proverb which will endure for many years to come.

그에 대한 기억은 여전히 사람들의 마음속에 살아 있다. 왜냐하면 앞으로 오랫동안 이어질 속담 같은 것을 그가 처음 만들었기 때문이다.

I

Mastro Peppe, La Brevetta, was a plebeian, somewhat corpulent, thick-set, and clumsy; his face shining with a prosperous stupidity, his eyes reminded one of the eyes of a sucking calf, while his hands and feet were of extraordinary dimensions.

마스트로 페페, 라 브레베타는 평민이었으며, 다소 뚱뚱하고, 몸집이 떡 벌어져 있었으며, 덤벙거리는 사람이었다. 얼굴은 우둔함이 넘쳐흘렀고, 눈은 젖을 빠는 송아지의 눈을 연상케 했으며 손과 발은 엄청나게 컸다.

His nose was long and fleshy, his jaw-bones very strong and mobile, and when undergoing a fit of sneezing, he looked like one of those sea-lions whose fat bodies, as sailors relate, tremble all over like a jelly-pudding.

또한 코는 길고 두툼했으며, 턱뼈는 매우 강하고 잘 움직였다. 그가 재채기를 하면, 지방 조직이 젤리 푸딩처럼 온몸이 떨리는 바다사자처럼 보인다고 선원들이 말하곤 했다.

Like the sea-lions, too, he was possessed of a slow and lazy motion, their ridiculously awkward attitudes, and their exceeding fondness for sleep.

그는 바다사자처럼 동작이 느리고 게으르며, 태도는 터무니없이 어색했으며, 잠자는 것을 아주 좋아했다.

He could not pass from the shade to the sun, nor from the sun to the shade without an irrepressible impulse of air rushing through his mouth and nostrils.
그는 음지에서 양지로, 양지에서 음지로 이동하면, 반드시 자신의 입과 코로 공기를 급작스럽고 세차게 내뱉고자 하는 충동을 느꼈다.

The noise produced, especially in quiet spots, could be heard at a great distance, and as it occurred at regular intervals, it came to be a sort of time-piece for the citizens of the town.
특히 조용한 곳에서 발생하는 소음은 멀리서도 들렸고 일정한 간격을 두고 발생하였기 때문에, 마을 사람들에게는 일종의 시계처럼 되어 버렸다.

In his youth Mastro Peppe had kept a macaroni shop, and among the strings of dough, the monotonous noise of the mills and wheels, in the mildness of the flour-dusty air, he had grown to a placid stupidity.
젊었을 때, 마스트로 페페는 마카로니 가게를 운영하였는데, 밀가루 반죽 가닥, 맷돌과 바퀴의 단조로운 소음, 밀가루 먼지가 뽀얀 따뜻한 공기의 속에서 그는 낙천적이며 우둔한 사람이 되었다.

Having reached maturity, he had married a certain Donna Pelagia of the Commune of Castelli, and abandoning his early trade, he had since that time dealt in terra cotta and Majolica ware,- vases, plates, pitchers, and all the poor earthenware which the craftsmen of Castelli manufactured for adorning the tables of the land of Abruzzi.
장성한 그는 카스텔리 코뮌의 도나 펠라기아와 결혼하고 초창기에 하던 장사를 그만둔 후, 꽃병, 접시, 주전자, 카스텔리의 장인들이 아브루찌 지역의 테이블들을 장식하기 위해 만들었던 볼품 없는 토기들과 같은 적토 질그릇이나 마졸리카 도자기 장사를 시작하였다.

Among the simplicity and religiousness of those shapes, unchanged for centuries, he lived in a very simple way, sneezing all the time, and as his wife was a miserly creature, little by little her avaricious spirit had communicated itself to him, until he had grown into her penurious and miserly ways.

수세기 동안 변하지 않은 그 형태의 단순함과 종교성 속에서 항상 재채기나 하면서 아주 단순하게 살았던 그가, 인색한 사람을 아내로 맞아, 탐욕스러운 그녀의 영혼이 조금씩 그에게 전해져서 그도 그녀처럼 궁핍하고 인색한 사람이 되었다.

Now Mastro Peppe was the owner of a piece of land and a small farm house, situated upon the right bank of the river, just at the spot where the current of the river, turning, forms a sort of greenish amphitheatre.

현재 마스트로 페페는 강의 우안에 위치한 토지와 작은 농가의 소유자가 되었다. 그곳은 강물의 흐름때문에 녹색의 원형 극장처럼 보였고,

The soil being well irrigated, produced very abundantly, not only grapes and cereals, but especially large quantities of vegetables.

관개가 잘 되는 토양으로 포도와 곡물뿐만 아니라, 특히 많은 양의 채소가 매우 풍성하게 생산되었다.

The harvests increased, and each year Mastro Peppe's pig grew fat, feasting under an oak tree which dropped its wealth of acorns for his delectation.

수확량은 증가했고 매년마다 마스트로 페페의 돼지는 살이 쪘으며, 떡갈나무 아래에서 잔치를 벌이다 보면, 그 아래로 도토리가 많이 떨어져, 그는 이 또한 즐거워했다.

Each year, in the month of January, La Brevetta, with his wife, would go over to his farm, and invoke the favour of San Antonio to assist in the killing and salting of the pig.
매년 1월이면 라 브레베타는 아내와 함께 농장으로 가서, 산 안토니오의 가호 아래 돼지를 죽이고 소금에 절이는 일을 도왔다.

One year it happened that his wife was somewhat ill, and La Brevetta went alone to the slaughtering of the beast.
어느 해인가, 그의 아내가 몸이 좋지 않아, 라 브레베타는 혼자 돼지를 잡으러 갔다.

The pig was placed upon a large board and held there by three sturdy farm-hands, while his throat was cut with a sharp knife.
돼지는 세 명의 건장한 농장의 일꾼들에 의해 큰 판자 위에 올려져서 목이 날카로운 칼로 잘려져 있었다.

The grunting and squealing of the hog resounded through the solitude, usually broken only by the murmuring of the stream, then suddenly the sounds grew less, and were lost in the gurgling of warm vermilion blood which was disgorged from the gaping wound, and while the body was giving its last convulsive jerks, the new sun was absorbing from the river the moisture in the form of a silvery mist.
돼지의 꿀꿀거리는 소리와 꽥꽥거리는 소리는 적막 속에 울려 퍼지다가 대개 시냇물이 흐르는 소리에 묻힌 후 갑자기 줄어들어 갈라진 상처에서 토해낸 따뜻한 주홍색 피가 콸콸 흐르면 사라졌다. 돼지는 마지막 경련을 일으키고 다시 떠오른 태양은 은빛 안개의 형태로 강의 습기를 흡수하고 있었다.

With a sort of joyous ferocity La Brevetta watched Lepruccio burn with a hot iron the deep eyes of the pig, and rejoiced to hear the boards creak under the weight of

the animal, thinking of the plentiful supply of lard and the prospective hams.
라 브레베타는, 일종의 즐겁고도 잔인한 표정으로, 레푸루치오가 뜨거운 꼬챙이로 돼지의 깊은 눈을 태우는 것을 보거나 돼지의 무게로 판자가 삐걱거리는 소리를 듣고 기뻐하면서, 풍부한 돼지기름과 햄이 생길 거라고 생각했다.

The murdered beast was lifted up and suspended from a hook, shaped like a rustic pitchfork, and left there, hanging head downward.
죽은 돼지는 시골풍 갈퀴 모양의 갈고리에 머리가 아래로 처진 채로 매달려 있었다.

Burning bundles of reeds were used by the farm-hands to singe off the bristles, and the flames rose almost invisible in the greater light of the sun.
농장 일꾼들은 갈대 뭉치에 불을 붙여 돼지의 짧고 뻣뻣한 털을 태웠고, 불길은 밝게 빛나는 태양 아래서는 거의 보이지 않게 치솟았다.

At length, La Brevetta began to scrape with a shining blade the blackened surface of the animal's body, while one of the assistants poured boiling water over it.
한참 있다가, 일꾼 중 한 명이 그 위에 끓는 물을 부으면, 라 브레베타가 빛나는 칼날로 돼지의 시커메진 표면을 긁기 시작했다.

Gradually the skin became clean, and showed rosy-tinted as it hung steaming in the sun.
차츰 돼지 피부가 깨끗해졌고, 햇볕 속에 김이 나면서 매달려 있으면 장밋빛이 되었다.

Lepruccio, whose face was the wrinkled and unctuous face of an old man, and in whose ears hung rings, stood

biting his lips during the performance, working his body up and down, and bending upon his knees.
레푸루치오의 얼굴은 개기름이 흐르고 주름져 늙어 보였는데, 귀에는 커다란 귀걸이를 하고 있었으며, 입술을 깨물고 서 있다가 몸을 위아래로 움직이기도 하고 무릎을 구부리기도 하였다.

The work being completed, Mastro Peppe ordered the farm-hands to put the pig under cover.
작업이 완료되자 마스트로 페페는 일꾼들에게 돼지를 덮으라고 명령했다.

Never in his life had he seen so large a bulk of flesh from one pig, and he regretted that his wife was not there to rejoice with him because of it.
그는 살면서 한 마리의 돼지에서 이렇게 많은 양의 고기가 나온 것을 본 적이 없었으며, 아내가 그 자리에 있어 함께 기뻐하지 못한 것이 못내 아쉬웠다.

Since it was late in the afternoon, Matteo Puriello and Biagio Quaglia, two friends, were returning from the home of Don Bergamino Camplone, a priest who had gone into business.
늦은 오후, 친구인 마테오 푸리엘로와 비아지오 쿠아그리아가 한때 장사치였던 신부 돈 베르카미노 캄프로네의 집에서 돌아오고 있었다.

These two cronies were living a gay life, given to dissipation, fond of any kind of fun, very free in giving advice, and as they had heard of the killing of the pig, and of the absence of Pelagia, hoping to meet with some pleasing adventure, they came over to tantalise La Brevetta.
이 두 친구는, 방탕하고 제멋대로 사는 사람으로, 재미를 늘 쫓으며, 충고도 아주 잘하는 부류였는데, 돼지를 잡는데 펠라기아가 없다는 소리를 듣고 뭔가 재미있는 일이 있지 않을까해서, 라 브레베타를 떠보기 위해 왔다.

Matteo Puriello, commonly called Ciavola, was a man of about forty, a poacher, tall and slender, with blond hair and a yellow tinted skin, with a stiff and bristling moustache.
보통 시아보라라고 불리는 마테오 푸리엘로는 약 40세의 밀렵꾼으로, 키가 크고 호리호리하며, 금발에 노르스름한 피부, 뻣뻣한 콧수염을 가지고 있었다.

His head was like that of a gilded wooden effigy, from which the gilding had partly worn off.
그의 머리는 금박을 입힌 나무 조각상에서 금박이 부분적으로 벗겨져 있는 머리 부분과 닮아 있었다.

His eyes round and restless, like those of a race-horse, shone like two new silver coins, and his whole person, usually clad in a suit of earth colour, reminded one, in its attitudes and movements and its swinging gait, of a hunting dog catching hares as he ran across the plain.
그의 눈은 경주마의 눈처럼 둥글고 불안하게 보였고 새 은화 두 개처럼 빛났으며, 전체적으로 봤을 때, 보통 흙색 옷을 입는 그는, 태도, 동작, 팔을 휘저으며 걷는 걸음걸이에서, 평원을 가로지르며 토끼를 잡는 사냥개를 연상시켰다.

Biagio Quaglia, so-called Ristabilito, was under medium height, a few years younger than his friend, with a rubicund face, of the brilliancy and freshness of an almond tree in springtime.
리스타빌리토라고 불리는 비아지오 쿠아그리아는 봄철 아몬드 나무처럼 반짝이고 팔팔했고 불그스레한 얼굴에 시아보라보다 몇 살

어리며 키는 보통보다 작았다.

He possessed the singular faculty of moving his ears and the skin of his forehead independently, and with the skin of the cranium, as does a monkey.
그는 귀와 이마, 머리 부분을 따로따로 움직일 수 있는 특이한 능력을 갖고 있었는데 마치 원숭이 같았다.

By some unexplained contraction of muscles, he was in this way enabled greatly to change his aspect, and this, together with a happy vocal power of imitation, and the gift of quickly catching the ridiculous side of men and things, gave him the power to imitate in gesture and in word the, different groups of Pescara, so that he was greatly in demand as an entertainer.
뭐라 설명할 수 없는 이런 근육의 수축으로 그는 자신의 모습을 크게 변화시킬 수 있었고, 유쾌하게 목소리로 흉내 낼 수 있는 능력과 사람이나 사물의 우스꽝스러운 면을 빠르게 포착하는 재능으로 몸짓이나 말로 흉내 낼 수 있었기 때문에, 페스카라의 많은 사람들 사이에서 그는 아주 재미있는 사람으로 통했다.

In this happy, parasitical mode of life, by playing the guitar at festivals and baptismal ceremonies, he was prospering.
이렇게 행복한 기생충처럼 살면서, 축제와 세례식에서는 기타도 연주를 하곤 해서, 그의 인기는 사그라들 줄 몰랐다.

His eyes shone like those of a ferret, his head was covered with a sort of woolly hair like the down on the body of a fat, plucked goose before it is broiled.
그의 눈은 흰 족제비처럼 빛났고, 그의 머리에는 굽기 위해서 털이 뽑힌 살찐 거위의 몸에 난 솜털 같은 머리카락들은 양털처럼 보이기도 했다.

When La Brevetta saw the two friends, he greeted them gently, saying:
라 브레베타는 두 친구를 보자 다정하게 인사하고는 말했다.

"What wind brings you here?"
"무슨 바람이 불어 여기까지 오셨나요? "

After exchanging pleasant greetings, La Brevetta took the two friends into the room where, upon the table, lay his wonderful pig, and asked:
유쾌하게 인사를 나눈 후, 라 브레베타는 두 친구를 방으로 데려가 탁자 위의 엄청난 돼지를 보며 물었다.

"What do you think of such a pig?
"이런 돼지 어떻게 생각하나요?

Eh?
뭐라고요?

What do you think about it?"
어떻게 생각하신다구요?"

The two friends were contemplating the pig in wondering silence, and Ristabilito made a curious noise by beating his palate with his tongue.
두 친구는 감탄하면서 조용히 돼지를 바라보고 있었고, 리스타빌리토는 혀로 입천장을 때리며 이상한 소리를 냈다.

Ciavola asked:
시아보라가 물었다 .

"And what do you expect to do with it?"

"이걸 어떻게 하실 생각이에요?"

"I expect to salt it," answered La Brevetta, his voice full of
gluttonous joy at the thought of the future delights of the
palate.
"소금에 절이려구요." 라 브레베타가 대답했다. 그의 목소리에는 돼
지를 맛있게, 또 많이 먹을 생각으로 즐거움이 넘쳐났다.

"You expect to salt it?" cried Ristabilito.
"소금에 절인다구요?" 리스타빌리토가 외쳤다.

"You wish to salt it?
"소금에 절이시겠다구요?

Ciavola, have you ever seen a more foolish man than this
one?
시아보라, 이 사람보다 더 멍청한 사람을 본 적이 있나요?

To allow such an opportunity to escape!"
이런 기회를 이렇게 없앨 건가요?"

Stupefied, La Brevetta was looking with his calf-like eyes
first at one and then at the other of his interlocutors.
라 브레베타는 놀라서 송아지 같은 눈으로 이 사람을 봤다가 저 사
람을 봤다가 하고 있었다.

"Donna Pelagia has always made you bow to her will,"
pursued Ristabilito.
"도나 펠라지아는 당신이 언제나 그녀 말을 따르게 했지요." 리스
타빌리토가 계속 추궁했다.

"Now, when she is not here to see you, sell the pig and eat
up the money."

"그런데, 그녀는 지금 여기 없어요, 돼지를 팔아서 돈을 드세요."

"But Pelagia??Pelagia???" stammered La Brevetta, in whose mind arose a vision of his wrathful wife which brought terror to his heart.
"하지만 펠라지아? 펠라지아?" 라 브레베타가 말을 더듬었다. 마음 속에 노기등등한 아내의 모습이 떠올라 그는 두려워졌다.

"You can tell her that the pig was stolen," suggested the ever-ready Ciavola, with a quick gesture of impatience.
"돼지를 도둑맞았다고 말하세요,"라고, 짜증 난다는 듯이 빠르게 손 짓을 하며, 언제든지 준비가 되어있는 시아보라가 제안했다.

La Brevetta was horrified.
라 브레베타는 깜짝 놀랐다.

"How could I take home such a story?
"집에 가서 어떻게 얘기해요?

Pelagia would not believe me.
펠라지아가 믿지 않을걸요.

She will throw me out of doors!
나를 문밖으로 내던질 거예요!

She will beat me!
때릴 수도 있어요!

You don't know Pelagia."
당신들은 펠라지아를 몰라요."

"Uh, Pelagia!
"아, 펠라지아!

Uh, uh, Donna Pelagia!" cried the wily fellows derisively.
도나 펠라지아!" 교활한 친구들이 비웃듯이 소리쳤다.

Then Ristabilito, mimicking the lamenting voice of Peppe
and the sharp, screeching voice of the woman, went
through a scene of a comedy in which Peppe was bound
to a bench, and soundly spanked by his wife, like a child.
그런 다음, 리스타빌리토는 페페가 대성통곡하는 목소리와 날카롭
고 꽥꽥대는 여자 목소리를 흉내냈으며, 페페가 벤치에 묶여 있고
그의 아내가 애처럼 그의 엉덩이를 소리 나게 때리는 우스운 장면
을 연출했다.

Ciavola witnessed this performance in great glee, laughing
and jumping about the pig, unable to restrain himself.
시아보라는 이 광경을 보고 너무 웃겨서, 돼지 주위를 낄낄거리며
펄쩍펄쩍 뛰어다녔다. 거의 자제가 되지 않을 정도였다.

The man who was being laughed at was just at this
moment taken with a sudden paroxysm of sneezing, and
stood waving his arms frantically toward Ristabilito, trying
to make him stop.
놀림을 당한 남자는 바로 그 순간 갑자기 발작적인 재채기를 하였
는데, 그를 그만두게 하려고 리스타빌리토를 향해 미친 듯이 팔을
흔들었다.

The din was so great that the window panes fairly rattled
as the light of the setting sun fell on the three faces.
소음이 너무 커서 창틀이 덜덜 떨릴 정도였으며, 세 명의 얼굴에는
석양빛이 떨어지고 있었다.

When Ristabilito was silenced at last, Ciavola said:
리스타빌리토가 마침내 조용해지자, 시아보라가 말했다.

"Well, let's go now!"
"그럼, 갑시다!"

"If you wish to stay to supper with me ..."
"식사 같이하실래요..."

Mastro Peppe ventured to say between his teeth.
마스토로 페페가 조심스럽게 말을 뱉었다.

"No, no, my beauty," interrupted Ciavola, turning toward the door.
"아니, 아니요, 고맙지만요," 시아보라가 말을 가로막고 문 쪽으로 몸을 돌렸다.

"Remember me to Pelagia,-and do salt the pig."
"펠라지아에게 안부 전해 주세요, - 그리고 돼지는 꼭 소금에 절이세요."

II

The two friends walked together along the shore of the river.
두 친구는 강변을 따라 함께 걸었다.

In the distance the boats of Barletta, loaded with salt, scintillated like fairy palaces of crystal; a gentle breeze was blowing from Montecorno, ruffling the limpid surface of the water.
저 멀리 소금을 실은 바를리타의 배들이 수정으로 만든 요정 궁전처럼 반짝거렸다. 미풍이 몬테코르노에서 불어와 깨끗한 수면에 물결을 만들고 있었다.

"I say," said Ristabilito to Ciavola, halting, "are we going to steal that pig to-night?"
"그런데요," 리스타빌리토가 멈춰 서서는 시아보라에게 말했다, "오늘 밤, 그 돼지를 훔칠 거죠?"

"And how can we do it?" asked Ciavola.
"그럼 어떻게 할까요?" 시아보라가 물었다.

Said Ristabilito:
리스타빌리토가 말했다.

"I know how to do it if the pig is left where we last saw it."
"돼지가 마지막으로 본 장소에 남아있다면 수가 있죠."

Said Ciavola:
시아보라가 말했다.

"Well, let us do it!
"그래요, 한 번 해봐요!

But after?"
그런데 그다음엔?"

Ristabilito stopped again, his little eyes brilliant as two carbuncles, his flushed face wrinkling between the ears like a fawn's, in a grimace of joy.
리스타빌리토가 다시 멈췄다. 그의 작은 눈은 두 개의 뾰루지처럼 빛났고, 그의 상기된 얼굴은 새끼 사슴처럼 귀 사이로 주름이 잡히면서 기쁨으로 찡그려졌다.

"I know it ..." he said laconically.
"그건 제게 맡겨 주세요..." 그가 짧게 말했다.

In the distance, his form showing black through the naked trees of the silver poplar grove, Don Bergamino Camplone approached the two.
멀리서 돈 베르가미노 캄플로네가 은빛 포플러 나목들 사이에서 시커멓게 나타나 두 사람에게 다가왔다.

As soon as they saw him, they hastened toward him.
그들은 그를 보자마자 서둘러 그에게로 다가갔다.

Noticing their joyful mien, the priest, smiling, asked them:
그들의 즐거운 표정을 보더니, 신부는 미소를 지으며 그들에게 물었다.

"Well, what good news have you?"
"자, 뭐가 그리 좋은가요?"

Briefly, they communicated to him their purpose, to which he delightedly assented.
그들은 간단하게 자신들의 목적을 그에게 전하자, 그도 그것에 기쁘게 동의했다.

Ristabilito concluded softly:
리스타빌리토가 매끄럽게 결론을 내렸다.

"We shall have to use great cunning.
"우리는 반드시 주도면밀해야 합니다.

You know that Peppe, since he married that ugly woman, Donna Pelagia, has become a great miser, but he likes wine pretty well.
아시다시피, 페페는, 그 못생긴 여자 도나 펠라지아와 결혼한 이후, 엄청난 구두쇠가 되었지만, 술을 아주 좋아합니다.

Now then let us get him to accompany us to the Inn of Assau.
그래서 그를 아사우 주막으로 데려가도록 합시다.

You, Don Bergamino, treat us to drinks and pay for everything.
당신, 돈 베루가미노는 우리에게 술을 사고 비용을 다 대세요.

Peppe will drink as much as he can get without having to pay anything for it, and will get intoxicated.
페페는 술값을 낼 필요도 없으니까 마실 수 있을 때까지 마시다가 취하겠죠.

We can then go about our business with no fear of interruption."
그럼 우린 방해받지 않고 우리 일을 할 수 있을 겁니다."

Ciavola favoured this plan, and the priest agreed to his share in the bargain.
시아보라는 이 계획에 찬성했고 신부도 이 거래에서의 자신의 몫에 동의했다.

Then all together returned to the house of Peppe, which was only about two gun-shots away, and as they drew near, Ciavola raised his voice:
그런 다음, 모두 함께, 총 두 번 쏘면 닿을 거리로 떨어져 있는 페페의 집으로 돌아갔다. 가까이 가면서 시아보라가 목소리를 높였다.

"Hello-o!
"안녕하세요-!

La Brevetta!
라 브레베타!

Do you wish to come to the Inn of Assau?
아사우 주막에 안 가실래요?

The priest is here, and he is ready to pay for a bottle or two-Hello!"
신부님도 오셨구요, 술 한 두병은 사신다고 하네요-안녕하세요!"

La Brevetta did not delay in coming down the path, and the four set out together, in the soft light of the new moon.
라 브레베타는 지체하지 않고 길을 내려가서는, 네 사람은 함께 초승달의 부드러운 빛을 받으며 앞으로 나아갔다.

The quiet was occasionally broken by the caterwauling of love-stricken cats.
이따금 사랑에 빠진 고양이들이 내는 새된 소리만이 정적을 깰 뿐이었다.

Ristabilito turned to Peppe, asking in jest:
리스타빌리토가 페페 쪽으로 돌아서서는 농담조로 물었다.

"Oh, Peppe, don't you hear Pelagia calling you?"
"아, 페페, 펠라지아가 당신 부르는 소리 들리시죠?"

Upon the left side of the river shone the lights of the Inn of Assau, mirrored by the water.
강 왼편으로는 물에 비친 아사우 주막의 불빛이 빛나고 있었다.

As the current of the river was not very strong here, Assau kept a little boat to ferry over his customers.
강의 흐름이 그렇게 빠르지 않아서, 아사우는 손님을 실어 나르기 위해 작은 배를 두었다.

In answer to their calls, the boat approached over the
luminous water to meet the new-comers.
그들이 배를 부르자, 배는 사람들을 실으러 어둠 속에서도 빛나는
물을 헤치며 다가왔다.

When they were seated and engaged in friendly chat,
Ciavola with his long legs began to rock the boat, and the
creaking of the wood frightened La Brevetta, who, affected
by the dampness of the river, broke forth in another
paroxysm of sneezing.
그들이 앉아 스스럼없이 대화를 나누자, 긴 다리를 가진 시아보라
가 배를 흔들기 시작했고, 나무의 삐걱거리는 소리로 놀란 라 브레
베타는 강의 습기로 다시 발작적인 재채기를 시작했다.

Arrived at the inn, seated around an oaken table, the
company became more jovial, laughing and jesting loudly,
and pouring the wine into their victim, who found it easy
to let the good red juice of the vines, rich in taste and
colour, run down his throat.
여관에 도착하여 떡갈나무 테이블 주위에 앉자, 일행은 더 화기애
애해지고 큰 소리로 웃으면서 농담을 주고받으며 자신들의 제물에
게 술을 따르니, 그 제물은 꺼리낌 없이 맛도 색깔도 풍부한 포도나
무의 훌륭한 붉은 즙을 자신의 목을 타고 내려가게 하였다.

"Another bottle," ordered Don Bergamino, beating his fist
upon the table.
"한 병 더," 돈 베르가미노가 테이블을 주먹으로 치며 주문했다

Assau, an essentially rustic, bow-legged man, brought in
the ruby coloured bottles.
원래 시골뜨기이면서 다리가 활처럼 굽은 아사우는 루비색 병을 가
지고 왔다.

Ciavola sang with much Bacchic freedom, striking the rhythm upon the glasses.
시아보라는 술에 취한 채, 제멋대로 노래를 부르며 리듬에 맞춰 술잔을 두들겼다.

La Brevetta, his tongue now thick and his eyes swimming from the effects of the wine, was holding the priest by the sleeve to make him listen to his stammering and incoherent praises of his wonderful pig.
라 브레베타는, 이제 술로 혀는 꼬이고 눈은 촛점을 잃어, 자신의 그 대단한 돼지를 더듬거리면서 일관성 없이 칭찬하는 것을 들으라고 신부의 소매를 잡고 늘어지고 있었다.

Above their heads lines of dried, greenish pumpkins hung from the ceiling; the lamps, in which the oil was getting low, were smoking.
그들의 머리 위에는 말린 퍼런 호박들이 여러 줄 천장에 매달려 있었고, 기름이 떨어져 가던 등에서는 연기가 나고 있었다.

It was late at night and the moon was high in the sky when the friends again crossed the river.
밤이 늦어 달이 하늘 높이 떠 있을 때, 친구들은 다시 강을 건넜다.

In landing, Mastro Peppe came near falling in the mud, for his legs were unsteady and his eyesight blurred.
배에서 내릴 때 마스트로 페페는 다리가 휘청거리고 눈앞이 뿌예서 진흙에 빠질 뻔했다.

Ristabilito said:
리스타빌리토가 말했다.

"Let us do a kind act.

"친절한 행동 한 번 합시다.

Let us carry this fellow home."
이 사람 집에 데려다 주자구요."

Holding him up under the arms, they took him home through the poplar grove, and the drunken man, mistaking the white trunks of the trees in the night, stammered thickly:
그들은 그의 팔 밑으로 팔을 집어넣어 그를 부축해서 포플러 숲을 지나 집으로 데려가고 있었는데, 이 술 취한 남자는 한밤중 나무들의 하얀 둥치를 보고 착각해서 꼬인 혀로 더듬거리며 말했다.

"Oh, how many Dominican monks I see!..."
"아, 도미니크회 수도사들이 참 많네요..."

Said Ciavola, "They are going to look for San Antonio."
시아보라가 말했다, "성 안토니오를 찾아 나선 거지요."

The drunken man went on, after an interval:
술 취한 사람은 시간이 조금 지나자 계속 지껄였다.

"Oh, Lepruccio, Lepruccio, seven measures of salt will be enough.
"레프루치오, 레프루치오, 소금 일곱 포대면 충분할 꺼야.

What shall we do?"
뭘해야 할까?"

The three conspirators, having conveyed Mastro Peppe to the door of his house, left him there.
세 명의 공모자들은 마스트로 페페를 그의 집 문으로 데려갔고 그를 그곳에 남겨두었다.

He ascended the steps with much difficulty, mumbling
about Lepruccio and the salt.
그는 레프루치오와 소금에 대해 중얼거리며 어렵게 계단을 올라갔
다.

Then, not noticing that he had left the door open, he
threw himself into the arms of Morpheus.
그리고는 문을 열어둔 것도 인식하지 못한 채 잠들어 버렸다.

Ciavola and Ristabilito, after having partaken of the
supper of Don Bergamino, provided with certain crooked
tools, set cautiously to work.
시아보라와 리스타빌리토는, 돈 베르가미노 집에서 식사를 하고 나
서, 구부러진 특별한 도구들을 들고 신중하게 작업을 개시하러 떠
났다.

The moon had set, the sky was glittering with stars, and
through the solitude the north wind was blowing sharply.
달은 저물고 하늘엔 별들이 빛나고 있었으며 쓸쓸한 북풍이 심하게
불고 있었다.

The two men advanced silently, listening for any sound,
and halting now and then, when the skill and agility of
Matteo Puriello would be called into use for the occasion.
두 사람은 어떤 소리도 안 나게 신경을 곤두세우며 조용히 나아가
다가, 이따금 마테오 푸리엘로가 그의 기술과 민첩성으로 뭔가를
해결해야 하는 경우에는 멈춰서기도 했다.

When they reached the place, Ristabilito could scarcely
withhold an exclamation of joy on finding the door open.
그들이 목적지에 도착했을 때, 리스타빌리토는 문이 열린 것을 발
견하고는 기뻐서 소리지를 뻔한 것을 겨우 참았다.

Profound silence reigned through the house, except for
the deep snoring of the sleeping man.
잠자는 남자가 시끄럽게 코 고는 소리 말고는 집안은 깊은 침묵에
싸여 있었다.

Ciavola ascended the stairs first, followed by Ristabilito.
시아보라가 먼저 계단을 올랐고, 리스타빌리토가 뒤를 따랐다.

In the dim light they perceived the vague outlines of the
pig lying upon the table.
희미한 빛 속에서 그들은 탁자 위에 놓여 있는 돼지의 희미한 윤곽
을 보았다.

With the utmost caution, they raised the heavy body and
dragged it out by main force.
그들은 최대한 조심스럽게 무거운 돼지를 들어 올려서는 힘껏 끌어
내렸다.

They stood listening for a moment.
그들은 잠시 동안 서서 무슨 소리가 나는지 듣고 있었지만,

The cocks could be heard crowing, one after another, in
the yards.
마당에서 수탉들의 울음소리가 차례로 들릴 뿐이었다.

Then the two thieves, laughing at their prowess, took the
pig upon their shoulders and made their way up the path;
to Ciavola it seemed like stealing through a wood with
poached game.
그런 다음, 두 도둑은 자신들의 솜씨에 흐뭇해져 낄낄거리며 돼지
를 어깨에 메고 길을 따라 올라갔다. 시아보라에게 그것은 밀렵한
사냥감을 숲에서 훔쳐 나가는 것과 비슷하게 여겨졌다.

The pig was heavy, and they reached the house of the priest in a breathless state.
돼지가 무거워서 숨을 헐떡이며 그들은 신부의 집에 도착했다.

III

The next morning, having recovered from the effects of the wine, Mastro Peppe awoke, stood up in bed, and stretched himself, listening to the bells saluting the eve of San Antonio.
다음 날 아침, 술이 깬 마스트로 페페는 침대에서 일어나 기지개를 켜고 샌안토니오 전야를 맞이하는 종소리를 들었다.

Already in his mind, in the confusion of the first awakening, he saw Lepruccio cut into pieces and cover his beautiful fat pork-meat with salt, and his soul was filled with happiness at this thought.
벌써 그의 마음속에서는, 바로 잠에서 깨어 혼미하긴 했지만, 레프루치오가 돼지를 여러 조각으로 잘라서 그 아름다운 살진 돼지고기를 소금으로 절이는 것이 눈에 보이는 듯했고, 이런 생각을 하자 마음이 흐뭇해졌다.

Impatient for the anticipated delight, he dressed hastily and went out to the stair-case, wiping his eyes to see more clearly.
이런 기쁨을 기대하고 조바심을 내며, 서둘러 옷을 입고 계단으로 나가서 좀 더 명확하게 보기 위해 눈을 닦았다.

Upon the table where he had left the pig, the morning sun was smiling in, but nothing was there save a stain of blood!
돼지를 두고 온 탁자 위에는 아침 햇살이 미소짓고 있는 듯 들어와 있었지만, 그곳에는 핏자국 외에는 아무것도 없었다!

"The pig?
"돼지는?

Where is the pig?" cried the robbed man in a hoarse voice.
돼지 어디 있어?" 도둑맞은 남자가 쉰 목소리로 외쳤다.

In a frenzy, he descended the stairs, and noticing the open door, striking his forehead, he ran out crying, and called the labourers around him, asking every one if they had seen the pig, if they had taken it.
그는 미친 것처럼 계단을 내려가서 문이 열려 있는 것을 보고, 이마를 치고 소리를 지르며 달려가서는, 주위에 있는 일꾼들을 불러 모두에게 돼지를 보았는지, 가져갔는지 물었다.

His queries came faster and faster and his voice grew louder and louder, until the sound of the uproar came up the river to Ciavola and Ristabilito.
그의 질문은 점점 더 빨라졌고 그의 목소리는 점점 더 커져서 마침내 이런 소동이 강을 타고 올라와 시아보라와 리스타빌리토에게 까지 들리게 되었다.

They came tranquilly upon the group to enjoy the spectacle and keep up the joke.
그들은 평화롭게 이 광경을 바라보고 농담을 이어가면서 함께 다가오고 있었다.

As they came in sight, Mastro Peppe turned to them, weeping in his grief, and exclaimed:
그들이 보이자, 마스트로 페페는 그들을 돌아보며 슬픔에 겨워 눈물을 흘리며 외쳤다.

"Oh, dear me!
"이런 세상에!

They have stolen my pig!
돼지를 도둑맞았어요!

Oh, dear me!
아이구!

What am I to do now?
이 일을 어떻게 해야 되죠?

What am I to do?"
어떻게 해야 될까요"

Biagio Quaglia stood a moment considering the appearance of the unhappy fellow, his eyes half-closed in an expression which was half sneer, half admiration, his head bent sideways, as though judging of the effect of this acting.
비아지오 쿠아그리아는 이렇게 재수 옴 붙은 사람이 나타나자, 눈을 반쯤 감고는 이렇게 행동하는 것의 효과를 판단하기라도 하는 듯, 고개를 옆으로 기울인 채 반쯤 비웃고 반쯤 감탄하는 표정으로 바라보며 잠시 서 있었다.

Then approaching, he said:
그러다가 다가오면서 그가 말했다.

"Yes indeed!...
"그래요, 확실히!...

One cannot deny it ...

누구도 부정할 수 없을 거예요...

You play your part well!"
당신은 당신의 역할을 잘하셨어요!"

Peppe, not understanding, lifted his face, streaked with tears.
페페는 이해하지 못하고 얼굴을 들었는데, 눈물 흘러내린 자국이 선명했다.

"Yes, yes indeed!
"그럼요, 그럼요, 정말!

You are becoming very cunning!" continued Ristabilito with an air of confidential friendship.
당신은 진짜 교활해지고 있네요!" 진짜 친구인 척하며 리스타빌리토가 말을 이어갔다.

Peppe, not yet understanding, stared stupidly at Ristabilito, and his tears stopped flowing.
페페는 아직 이해하지 못한 채 멍청하게 리스타빌리토를 쳐다보았고 이젠 눈물도 흐르지 않았다.

"But truly, I did not think you were so malicious!" went on Ristabilito.
"근데 정말, 난 당신이 그렇게 악랄하다고 생각하진 않았어요!" 리스타빌리토는 계속했다.

"Good fellow!
"좋은 분이시군요!

My compliments!"
진심입니다!

"What do you mean?" asked La Brevetta between his sobs.
"그런데, 무슨 뜻이죠?" 흐느끼면서 라 브레베타가 물었다.

"What do you mean?...
"무슨 말인가요?...

Oh, poor me!
아, 어쩌죠?

How can I now return home?"
집에 어떻게 가죠?"

"Good!
"좋아요!

Good!
좋아요!

Very well done!" cried Ristabilito.
아주 잘하셨어요!" 리스타빌리토가 외쳤다.

"Play your part!
"그런 식으로 하세요!

Play your part!
암요, 그렇게 하셔야죠!

Weep louder!
더 크게 우세요!

Pull your hair!
머리도 쥐어뜯고요!

Make every one hear you!
모든 사람들이 들을 수 있게!

Yes, that way!
예, 그렇게요!

Make everybody believe you!"
모든 사람들이 믿을 수 있게요!"

Peppe, still weeping, "But I am telling you the truth!
페페는 계속 울면서 말했다. "그런데 난 당신에게 진실을 말하고 있는 겁니다!

My pig has been stolen from me!
내 돼지를 누가 훔쳐 갔어요!

Oh, Lord!
오, 주여!

Poor me!"
어쩌죠?

"Go on!
"계속하세요!

Go on!
계속!

Don't stop!
멈추면 안되요!

The more you shout, the less I believe you.

당신이 소리치면 칠수록 나는 당신을 더 믿지 못하겠어요.

Go on!
계속하세요!

Go on!
계속!

Some more!"
더 크게!"

Peppe, beside himself with anger and grief, swore repeatedly.
페페는 분노와 슬픔으로 거의 정신이 나가서 계속 맹세하듯 말했다.

"I tell you it is true!
"사실이라구요!

I hope to die on the spot if the pig has not been stolen from me!"
누가 내 돼지를 훔쳐 가지 않았다면 차라리 이 자리에서 죽겠어요!"

"Oh, poor innocent fellow!" shrieked Ciavola, jestingly.
"아, 너무 순진하시네요!" 시아볼라가 장난스럽게 꽥 소리를 질렀다.

"Put your finger in your mouth!
"말도 안 되는 얘기 그만하시구요!

How can we believe you, when last night we saw the pig there?
어젯밤 우리도 돼지를 봤잖아요, 당신 말을 믿으라구요?

Has San Antonio given him wings to fly?"
성 안토니오가 돼지에게 날개라고 줬나요?"

"San Antonio be blest!
"성 안토니오는 자상도 하셔라!

It is as I tell you!"
제가 한 말이 틀리지 않죠!"

"But how can it be?"
"말이 안 되잖아요!"

"So it is!"
"진짜 그랬다니까요!"

"It can't be so!"
"그럴 리가 없어요!"

"It is so!"
"진짜라니까요!"

"No!"
"아니잖아요!"

"Yes, yes!
"맞다구요, 맞아요!

It is so!
진짜예요!

It is so, and I am a dead man!
진짜구요, 난 이제 죽었어요!

I don't know how I can ever go home again!
이제 집에 어떻게 가죠?

Pelagia will not believe me; and if she believes me, she will never give me any peace ...
펠라지아는 나를 안 믿을 거예요. 믿는다고 해도, 들들 볶겠죠...

I am a dead man!"
난 이제 죽었어요!"

"Well, we'll try to believe you," said Ristabilito.
"그래요, 우린 당신을 믿으려고 해볼게요," 리스타빌리토가 말했다.

"But look here, Peppe.
그런데, 보세요, 페페.

Ciavola suggested the trick to you yesterday.
시아보라가 어제 제안 하나 했죠.

Is it not so that you might fool Pelagia, and others as well?
말한 대로 안 하니까 펠라지아나 다른 사람들을 속여야 되잖아요?

You might be capable of doing that."
그렇게 했어야 했는데."

Then La Brevetta began to weep and cry and despair in such a foolish burst of grief that Ristabilito said:
그러자 라 브레베타는 어리석을 정도로 비통함에 잠겨 흐느끼다가, 소리치다가, 절망하기 시작했다. 리스타빌리토가 말했다.

"Very well, keep quiet!
"그래, 좋아요, 조용히 하시구요!

We believe you.
우리는 당신을 믿어요.

But if this is true, we must find a way to repair the damage."
그런데 그 말이 사실이라면 피해를 복구할 방법을 찾아야 하겠죠."

"What way?" asked La Brevetta eagerly, a ray of hope coming into his soul.
"어떻게요?" 한 줄기 희망의 빛이 그의 영혼에 들어오는 것처럼 라 브레베타가 간절히 물었다.

"I will tell you," said Biagio Quaglia.
"말씀드릴게요," 비아지오 쿠아그리아가 말했다.

"Certainly someone living around here must have done it, for no one has come over from India to take your pig away.
"분명히 이 근처에 사는 누군가가 훔쳤을 거예요. 인도에서부터 돼지를 훔치러 오진 않을 테니까요.

Is not that so, Peppe?"
그렇지 않나요, 페페?"

"It is well, it is well!" assented the man, his voice still filled with tears.
"맞아요, 맞아요!" 남자는 동의했지만, 그의 목소리는 여전히 눈물이 가득 차 있었다.

"Well, then, pay attention," continued Ristabilito, delighted at Peppe's credulity.
"그렇다면 말이죠, 잘 들으세요" 페페가 그의 말을 쉽게 잘 믿는 것에 기뻐하며 리스타빌리토는 계속했다.

"Well, then, if no one has come from India to rob you, then certainly someone who lives around here must have been the thief.
"그래요, 인도로부터 도둑질하기 위해 온 것이 아니라면, 분명히 이 근처에 사는 사람이 도둑일 거예요.

Is not that so, Peppe?"
그렇지 않나요, 페페?"

"It is well.
"그렇죠.

It is well."
그렇죠."

"Well, what is to be done?
"그럼, 뭘 해야 하겠습니까?

We must summon the farm-hands together and employ some sorcery to discover the thief.
일꾼들을 모두 모아놓고 도둑을 찾기 위해 술법을 써야겠죠?

When the thief is discovered, the pig is found."
도둑을 찾으면, 돼지도 찾을 수 있는 겁니다."

Peppe's eyes shone with greediness.
페페의 눈은 탐욕으로 빛나고 있었다.

He came nearer at the hint of the sorcery, which awakened in him all his native superstitions.
그는 술법에 마음이 끌렸으며 그 안의 모든 미신이 깨어났다.

"You know there are three kinds of sorcerers, white ones, pink ones, and black ones; and you know there are in the town three women who know the art of sorcery:
"마법사는 세 종류가 있다는 것 아실 거예요. 백 마술사, 적 마술사, 흑 마술사 말이죠. 그리고 우리 마을에도 마법을 부릴 줄 아는 여자가 세 명 있다는 것도 아실 테죠.

Rosa Schiavona, Rusaria Pajora, and La Ciniscia.
로사 스키아보나, 루사리아 파요라, 라 치니시아 말이예요.

It is for you to choose."
당신이 고르세요."

Peppe stood for a moment in deep thought; then he chose Rusaria Pajora, for she was renowned as an enchantress and always accomplished great things.
페페는 잠시 동안 깊은 생각에 빠져 서 있었다. 그러다가 그는 루사리아 파요라를 선택했다. 그녀는 여자 마법사로 유명했고 항상 한 건씩 했기 때문이었다.

"Well then," Ristabilito finished.
"그렇다면," 리스타빌리토가 마무리를 지었다.

"There is no time to lose.
"꾸물댈 시간이 없어요.

For your sake, I am willing to do you a favour; I will go to town and take what is necessary; I will speak with Rusaria and ask her to give me all needful articles and will return this morning.
당신을 대신해서 내가 다 해드릴게요. 마을에 가서 필요한 것들 다 가져오고, 루사리아에게 이야기하고, 필요한 모든 물품들 다 달라고 해서 아침에 올게요.

Give me the money."
돈 주세요."

Peppe took out of his waistcoat three francs and handed them over hesitatingly.
페페는 조끼에서 3프랑을 꺼내, 망설이며, 건네주었다.

"Three francs!" cried the other, refusing them.
"3프랑요!" 옆에 있던 사람이 소리치며 받지 않았다.

"Three francs?
"3프랑이라구요?

More than ten are needed."
10프랑 이상이 필요해요."

The husband of Pelagia almost had a fit upon hearing this.
펠라지아의 남편은 이 말을 듣자 거의 졸도하는 줄 알았다.

"What?
"뭐라구요?

Ten francs for a sorcery?" he stammered, feeling in his pocket with trembling fingers.
마법사를 쓰는데 10프랑요?" 그는 떨리는 손으로 주머니를 뒤지며 말을 더듬었다.

"Here, I give you eight of them, and no more."
"여기, 내가 이 중에서 8프랑을 주리다. 더는 안돼요."

Ristabilito took them, saying dryly:
리스타빌리토는 그것을 받아 들고는 건조한 목소리로 말했다.

"Very well!
"그래 좋아요!

What I can do, I will do. Will you come with me, Ciavola?"
할 수 있는 데까지 해보죠. 같이 가시죠, 시아볼라?"

The two companions set off toward Pescara along the
path through the trees, walking quickly in single file;
Ciavola showed his merriment by pounding Ristabilito on
the back with his fist as they went along.
두 사람은 나무들 사이로 난 오솔길을 따라 페스카라를 향해 출발
했고 한 줄로 빠르게 걸었다. 시아보라는 리스타빌리토의 등을 주
먹으로 두드리면서 신이 나서 걸어갔다.

Arriving at the town, they betook themselves to the store
of Don Daniele Pacentro, a druggist, with whom they were
on very familiar terms, and here they purchased certain
aromatic drugs, having them put up in pills as big as
walnuts, well covered with sugar and apple juice.
마을에 도착한 두 사람은 아주 친하게 지냈던 약사 돈 다니엘레 파
첸트로의 약국에 들러 향이 나는 약을 사서, 설탕과 사과 주스로 표
면을 꼼꼼히 바르고 호두만한 크기로 만들어 달라고 부탁했다.

Just as the druggist finished the pills, Biagio Quaglia, who
had been absent during this time, came in, carrying a
piece of paper filled with dried excrements of dog, and
asked the druggist to make from these two beautiful pills,
similar in size and shape to the others, excepting that
they were to be dipped in aloe and then lightly coated
with sugar.

약사가 알약 조제를 마치자, 그동안 자리에 없었던 비아지오 쿠아 글리아가 말린 개똥으로 채운 종이 한 장을 들고 들어와서, 약사에게 이것으로 이전 것들과 크기나 모양이 같은 두 개의 그럴듯한 알약을 만들되, 알로에에 반드시 담가야 하는데 설탕은 입히지 않아도 된다고 말했다.

The druggist did as he asked, and in order that these might be distinguished from the others, he placed upon each a small mark as suggested by Ristabilito.
약사는 그가 부탁한 대로 했고, 이것들을 다른 것들과 구별할 수 있도록 리스타빌리토가 말한 대로 각각 작은 표시를 했다.

The two cheats then betook themselves back to the house of Mastro Peppe, which they reached in a short time, arriving there at about noon, and found Mastro Peppe anxiously awaiting them.
두 명의 사기꾼들이 다시 마스트로 페페의 집으로 금방 돌아왔을 때는 정오 무렵이었고, 마스트로 페페가 그들을 초조하게 기다리고 있는 것을 보았다.

As soon as he saw the form of Ciavola approaching through the trees, he cried out:
나무들 사이로 다가오는 시아보라의 모습이 보이자, 그가 소리쳤다.

"Well?"
"잘 됐나요?"

"Everything is all right," answered Ristabilito triumphantly, showing the box containing the bewitched confectionery.
"모든 것이 잘됐습니다." 리스타빌리토가 의기양양하게 대답하면서 마법의 과자가 들어 있는 상자를 보여주었다.

"Now, as today is the eve of San Antonio and the labourers are feasting, gather all the people together and offer them drink.
"자, 오늘이 성 안토니오 전날이고 일꾼들이 잔치를 벌이고 있잖아요, 사람들을 모두 불러 그들에게 술을 푸세요.

I know that you have a certain keg of Montepulciano wine; bring that out today!
나는 당신이 몬테풀치아노 와인 한 통 가지고 있다는 것을 알고 있어요. 그걸 오늘 푸세요!

And when everybody is here, I will know what to say, and what to do."
모든 사람이 오면, 그때 내가 무슨 말을 해야 할지, 무엇을 해야 할지 알려 드릴게요."

IV

Two hours later, during the warm, clear afternoon, all the neighbouring harvesters and farm-hands, who had been summoned by La Brevetta, were assembled together in answer to the invitation.
2시간 후, 따뜻하고 맑은 오후, 라 브레베타가 수확을 도왔던 이웃의 모든 일꾼들과 농장 일꾼들을 부르자, 이들은 초대에 응하여 한자리에 모였다.

A number of great straw stacks in the yard gleamed brightly golden in the sun; a flock of geese, snowy white, with orange-coloured beaks, waddled slowly about, cackling, and hunting for a place to swim while the smell of manure was wafted at intervals from the barnyard.
마당의 수많은 커다란 짚더미가 햇빛에 황금빛으로 밝게 빛나고 있었다. 주황색 부리가 달린 눈처럼 하얀 거위의 무리는 꽥꽥대며 뒤뚱뒤뚱 천천히 주의를 돌아다니고 물에 들어갈 곳을 찾고 있었으며, 헛간에서부터 올라오는 거름 냄새는 이따금 진동하는 듯했다.

All these rustic men, waiting to drink, were jesting contentedly, sitting upon their curved legs, deformed by their labours; some of them had round, wrinkled faces like withered apples, some were mild and patient in expression, some showed the animation of malice, all possessed the incipient beards of adolescence, and lounged about in the easy attitudes of youth, wearing their new clothes with the manifest care of love.

이 모든 시골 사람들은 술 마시기를 기다리면서, 노동으로 인해 기형이 된 구부러진 다리를 하고 앉아 한가로이 농담을 하고 있었다. 그 사람들 중 일부는 시든 사과처럼 둥글고 주름진 얼굴을 하고 있었고, 일부는 표정이 온화하고 참을성이 있어 보였으며, 일부는 악랄해 보였다. 사람들의 수염은 모두 사춘기 때 처음 난 수염 같아 보였고, 이성의 주목을 끌려는 의도가 분명한 새 옷을 입은 젊은이들은 편한 태도로 빈둥대고 있었다.

Ciavola and Ristabilito did not keep them waiting long.

시아보라와 리스타빌리토는 그들을 오래 기다리게 하지 않았다.

Holding the box of candy in his hand, Ristabilito ordered the men to form a circle, and standing in the centre, he proceeded with grave voice and gestures to give a brief harangue.

손에 사탕 상자를 들고 리스타빌리토는 남자들에게 원을 그리라고 말하고 나서는, 원의 중앙에 서서 근엄한 목소리로 몸짓을 하면서 짧은 열변을 토했다.

"Good men!

"여러분!

None of you know Why Mastro Peppe De Sierri has called you here...."
여러분들은 왜 마스트로 페페 데 시에리가 여러분들을 왜 이곳에 불렀는지 모르시죠..."

The men's mouths opened in stupid wonder at this unexpected preamble, and as they listened, their joy in anticipation of the promised wine changed to an uneasy expectation of something else, they knew not what.
이런 예상치 못한 서두에 사람들의 입은 바보처럼 놀라 벌어졌고, 이야기를 들으면서 술을 풀겠다는 약속 때문에 즐겁게 기대했다가, 자신들은 알지 못하는 뭔가 불편한 사건이 벌어지는 것이 아닌가라고 생각하게 되었다.

The orator continued:
열변이 계속되었다.

"But as something unpleasant might happen for which you would reprove me, I will tell you what is the matter before making any experiment."
"그러나, 여러분들이 저를 책망할 불쾌한 일이 일어날 수 있으니까 진행 하기 전에 무엇이 문제인지 말씀드리겠습니다."

His listeners stared questioningly at each other with a look of stupidity, then turned their gaze upon the curious and mysterious box which the speaker held in his hands.
사람들은 바보같은 표정으로 서로 왜 그러냐는 듯이 쳐다보더니, 연설자가 손에 들고 있던 특이하고 신비한 상자를 바라보았다.

One of them, when Ristabilito paused to notice the effect of his words, exclaimed impatiently:
사람들 중 한 명이, 리스타빌리토가 자신이 한 말의 효과를 보기 위해 잠시 멈췄을 때, 짜증난다는 듯이 외쳤다.

"Well, what is it?"
"그래, 그게 뭐요?"

"I will tell you immediately, my good men.
"바로 말씀드리겠습니다, 여러분.

Last night there was stolen from Mastro Peppe a beautiful pig, which was all ready for salting.
어젯밤 마스트로 페페가 소금에 절이려고 했던 큰 돼지를 누가 훔쳐갔습니다.

Who the thief is we do not know, but certainly he must be found among you people, for nobody came from India to steal the pig from Mastro Peppe!"
도둑이 누군지는 모르겠지만, 분명히 여러분들 중에서 나올 겁니다. 인도 사람이 마스트로 페페 돼지를 훔치러 오진 않겠죠!"

Whether it was the playful effect of the strong argument about India, or whether it was the heat of the bright sun cannot be determined, but at any rate, La Brevetta began to sneeze.
특별히 인도를 장난스럽게 말해서 인지, 아니면 한 낮의 뜨거운 태양 때문인지 알 수 없었지만, 어쨌든 라 브레베타가 재채기를 시작했다.

The peasants moved back, the flock of geese ran in all directions, terrified, and the seven consecutive sneezes resounded loudly in the air, disturbing the rural quiet.
농부들은 놀라 뒤로 물러섰고, 거위 떼는 겁에 질려 사방으로 도망갔으며, 일곱 번의 연속적인 재채기 소리는 공중에 크게 울려 퍼져 시골의 한적함을 깼다.

An uproar of merriment seized the crowd at the great noise.
사람들은 그렇게 큰 재치기 소리에 놀라 와자지껄해졌다.

After they had again recovered their composure, Ristabilito went on gravely, as before:
사람들이 다시 평정을 되찾은 후, 리스타빌리토는 이전과 같이 근엄하게 계속 열변을 토했다.

"In order to discover the thief, Mastro Peppe has planned to give you certain good candies to eat, and some of his old Montepulciano wine to drink, which will be tapped for this purpose today.
"도둑을 찾기 위해 마스트로 페페는 여러분들에게 맛좋은 사탕과 오래 숙성된 몬테풀치아노 와인을 준비해서 오늘 여러분들께 따라줄 것입니다.

But I must tell you something.
그런데 제가 여러분께 말씀드릴 것이 있습니다.

The thief, as soon as he bites the candy, will feel his mouth so drawn up by the bitterness of the candy that he will have to spit it out.
도둑이 사탕을 깨물면 입안에 사탕이 너무 써서 뱉어야만 할 것입니다.

Now, do you want to try this experiment?
자, 그럼 한 번 해볼까요?

Or, is the thief, in order not to be found out in such a manner, ready to confess now?
그런 식으로 발각되지 않지 않으려면 도둑이 지금 실토를 해야 되겠죠?

Tell me, what do you want to do?"
어떻게 할까요? 말해보세요."

"We wish to eat and drink!" answered the crowd in a chorus, while an excited motion ran through the throng, each man showing an expression of curiosity and delight at the portentous demonstration about to be made.
"사탕도 주고 술도 주세요!" 사람들은 한 목소리로 대답했다. 사람들은 들떠서 모두들 곧 있을 이 기분 나쁜 실험에 호기심어린 신난 표정을 지어 보였다.

Ciavola said:
시아보라가 말했다.

"You must stand in a row for this experiment.
"실험을 하려면 일렬로 서세요.

Now, one of you is to be singled out."
자, 한 명씩 제외될 거예요."

When they were all thus formed in a line, he took up the flask of wine and one of the glasses, ready to pour it.
사람들이 모두 일렬로 늘어섰을 때, 그는 포도주가 담긴 병과 잔 하나를 들고 그것을 따를 준비를 했다.

Ristabilito placed himself at one end of the line, and began slowly to distribute the candy, which cracked under the strong teeth of the peasants and instantly disappeared.
리스타빌리토는 줄 끝에 서서 천천히 사탕을 나눠주기 시작했는데, 사탕은 농민들이 튼튼한 이빨로 깨물자 금방 사라졌다.

When he reached Mastro Peppe, he took out one of the

canine candies, which had been marked, and handed it to him, without in any way arousing suspicion by his manner.

마스트로 페페 차례가 되었을 때, 미리 표시한 개똥 사탕 하나를 꺼내 그에게 주었다. 그의 행동에서 의심스러운 구석을 발견할 수는 없었다.

Mastro Peppe, who had been watching with wide open eyes to detect the thief, thrust the candy quickly in his mouth, with almost gluttonous eagerness, and began to chew it up.

도둑을 찾고자 두 눈을 크게 뜨고 있던 마스트로 페페는 거의 탐욕에 가까운 열정으로 사탕을 재빨리 입에 밀어 넣고 씹기 시작했다.

Suddenly his jaw bones rose through his cheeks towards his eyes, the corners of his mouth twisted upwards, and his temples wrinkled, the skin of his nose drew up, his chin became contorted, and all his features took on a comic and involuntary expression of horror, a visible shiver passed down his back, the bitterness of the aloes on his tongue was beyond endurance, his stomach revolted so that he was unable to swallow the dose, and the unhappy man was forced to spit it from his mouth.

갑자기 그의 턱뼈가 뺨을 거쳐 눈까지 치켜져 올라간 듯했고, 입가가 위쪽으로 비틀어 졌으며, 관자놀이에 주름이 생겼고, 코는 누가 위로 잡아 당긴 듯했으며, 턱이 일그러져서 그의 이목구비에는 코믹하고 무의식적인 혐오의 표정이 드러나고 있었다. 부르르 떠는 것이 등을 타고 내려가는 것이 보였고, 혀에 묻은 알로에의 쓴 맛은 견딜 수 없을 정도였으며, 배가 뒤틀려 한 입도 삼킬 수가 없는 불운한 이 사람은 억지로 입에서 그것을 뱉어낼 수 밖에 없었다.

"Oho, Mastro Peppe!

"아니, 마스트로 페페!

What in the dickens are you doing?" cried out Tulespre dei Passeri, a greenish, hairy old goat-shepherd, - green as a swamp-turtle.
맙소사, 뭐하시는 거예요?" 푸르딩딩하고, 털많고, 늙은 염소치기 툴레스프레 데이 팟세리가 외쳤다 - 그는 늪에 사는 거북이처럼 푸르딩딩한 사람이었다.

Hearing his voice, Ristabilito turned around from his work of distributing the candies.
이 소리를 들은 리스타빌리토는 사탕을 나눠주다가 뒤로 돌아섰다.

Seeing La Brevetta's contortions, he said in a benevolent voice:
라 브레베타가 얼굴을 찡그리고 있는 모습을 보자, 그는 자비로운 목소리로 말했다.

"Well!
"아!

Perhaps the candy I gave you is too sweet.
제가 준 사탕이 너무 달죠?

Here is another one, try this, Peppe," and with his two fingers, he tossed into Peppe's open mouth the other canine pill.
여기 사탕 하나 또 있어요. 이거 드셔 보세요, 페페." 하더니 두 손가락으로 페페의 열린 입에 다른 개똥 사탕을 던져 넣었다.

The poor man took it, and feeling the sharp, malignant eyes of the goat-herder fixed upon him, he made a supreme effort to endure the bitterness.
이 불쌍한 사람은 그것을 받아 먹고는, 염소치기가 날카롭고 심술

맞은 시선으로 그를 계속 쳐다보고 있는 것을 느끼며, 쓴 맛을 참기 위해 엄청 노력했다.

He neither bit nor swallowed it, but let it stay in his mouth, with his tongue pressed motionless against his teeth.
그는 그것을 물지도 삼키지도 않고, 혀를 이빨에 대고 움직이지 않게 누른 채, 입안에 물고 있었다.

But in the heat and dampness of his mouth, the aloes began to dissolve, and he could not long endure the taste; his mouth began to twist as before, his nose was filled with tears, the big drops ran down his cheeks, springing from his eyes like uncut pearls, and at last, he had to spit out the mouthful.
그러나 입안의 열기와 습기로 알로에가 녹기 시작하자, 그는 그 맛을 오래 견딜 수 없었다. 입이 이전처럼 뒤틀리기 시작했고, 코로 눈물이 흘러들어 가득찼으며, 커다란 눈물 방울들은 가공되지 않는 진주처럼 솟구쳐 뺨을 타고 흘러내려, 마침내 그는 입 안에 있던 모든 것들을 뱉어내야만 했다.

"Well, well, Mastro Peppe!
"아니, 아니, 마스트로 페페!

What the dickens are you doing now?" again exclaimed the goat-herder, showing his white and toothless gums as he spoke.
대체 지금 뭐하는 거예요?" 염소치기는 이가 없는 하얀 잇몸을 드러내며 다시 소리쳤다.

"Well, well!
"아니, 아니!

What does this mean?"
이게 뭐죠?"

The peasants broke the lines, and crowded around La Brevetta, some jeering and laughing, others with wrathful words.
소작농들은 줄을 깨고나와 라 브레베타 주위에 모여 들면서, 어떤 사람은 조롱하면서 웃고, 또 어떤 사람들은 분노에 차서 떠벌였다.

Their pride had been hurt, and the ready brutality of the rustic people was aroused and the implacable austerity of their superstitious natures broke out in a sudden tempest of contumely and reproach.
자존심에 상처를 입은 시골 사람들의 준비된 듯한 잔인함으로, 미신을 신봉하는 그들의 마음은 인정사정 없이 단호해져서 갑작스럽게 모욕과 비난을 퍼부웠다.

"Why did you get us to come here to try to lay the blame of this thing on one of us?
"왜 사람들을 오게해서 우리들 중 한 사람에게 책임을 뒤집어 씌우려고 한거죠?

So this is the kind of sorcery you have gotten up?
당신이 마법을 부리려고 했단 말이죠?

It was intended to fool us!
우리를 속이겠다구요?

And why?
도대체 왜 그랬냐구요?

You calculated wrongly, you fool! you liar! you ill-bred fool! you rascal!

계산 잘못했네요, 이 바보같은 사람아! 거짓말쟁이! 막되먹은 바보
같은 놈! 나쁜 놈아!

You wanted to deceive us, you fool! you thief! you liar!
우리를 속이고 싶었냐? 이 바보야! 도둑놈아! 거짓말쟁이야!

You deserve to have every bone in your body broken, you
scoundrel! you deceiver!"
뼈도 못 추리게 해야 돼, 나쁜 놈! 사기꾼!"

Having broken the wine flasks and all the glasses, they
dispersed, shouting back their last insults through the
poplar grove.
술병과 잔들을 모두 깨버리고 사람들은 흩어져 포플러 숲을 지나면
서도 마지막 욕을 외쳤다.

Ciavola, Ristabilito, the geese, and La Brevetta were left
alone in the yard.
시아보라, 리스타빌리토, 거위, 라 브레베타만이 마당에 남겨졌다.

The latter, filled with shame, rage, and confusion, his
tongue still biting from the acridness of the aloes, was
unable to speak a word.
부끄러움과 분노와 혼란으로 가득 차서 라 브레베타는 아직도 알로
에의 신맛에 혀를 깨물고 있어서 아무 말도 할 수 없었다.

Ristabilito stood looking at him pitilessly, tapping the
ground with his toe as he stood supported on his heels,
and shaking his head sarcastically, then he broke out with
an insinuating sneer:
리스타빌리토는 그를 무자비하게 바라보고 발뒤꿈치로 서서 발끝
으로 땅을 톡톡 치면서, 비아냥거리는 듯이 고개를 흔들더니, 뭔가
암시하듯이 냉소를 터트렸다.

"Ha! ha! ha! ha!
"하! 하! 하!

Good, good, La Brevetta!
좋아요, 좋아, 라 브레베타!

Now, tell us how much you got for the pig.
자, 돼지 얼마 받았는지 말해 보세요.

Did you get ten ducats?"
10더컷 받았나요?"

Tale Seven

THE IDOLATERS
우상 숭배자들

I

The great sandy square scintillated as if spread with powdered pumice stone.
부석을 뿌린 듯, 거대한 모래 광장이 반짝였다.

All of the houses around it, whitened with plaster, seemed red hot like the walls of an immense furnace whose fire was about to die out.
회반죽으로 하얗게 칠해진 주변의 모든 집은 불이 곧 꺼질 것 같은 거대한 용광로의 벽처럼, 시뻘겋게 달아올랐다.

In the distance, the pilasters of the church reflected the radiation of the clouds and became red as granite, the windows flashed as if they might contain an internal conflagration; the sacred images possessed personalities alive with colour; the entire structure, beneath the splendour of this meteoric twilight, assumed a more lofty power of dominion over the houses of Radusani.
멀리서 교회의 붙임 기둥들은 구름의 복사열을 반사하여 화강암처럼 붉게 변했고, 창문은 내부에 불이 붙은 것처럼 번쩍였다. 신성한 그림들은 색채감이 드러나 살아 있는 듯 보였고, 이렇게 눈부신 갑작스러운 황혼의 화려함으로 교회는 라두사니 마을에 대해 보다 더 고상한 지배력을 갖는 듯했다.

There moved from the streets to the square groups of men and women, vociferating and gesticulating.
여러 무리의 사람들이 소리를 지르고 손짓발짓을 하며 거리에서 광장으로 나타났으며,

In the souls of all, superstitious terror was rapidly becoming intense; in all of those uncultivated imaginations a thousand terrible images of divine chastisement arose; comments, passionate contentions, lamentable conjurations, disconnected tales, prayers, cries mingled with the ominous rumbling of an imminent hurricane.
모든 사람의 영혼 속에는 미신적인 공포가 빠르게 강렬해 지고 있었다. 교양 없는 사람들의 모든 상상 속에서는 하느님의 응징에 대한 수천 개의 끔찍한 모습들이 떠올랐다. 이런저런 의견들, 격렬한 논쟁, 통탄할 만한 요술, 연결이 안 되는 이야기들, 기도, 임박한 태풍의 불길하게 우르릉거리는 소리와 뒤섞인 외침들이 계속되었다.

Already for many days that bloody redness had lingered in the sky after the sunset, had invaded the tranquillity of the night, illuminated tragically the slumber of the fields, aroused the howls of the dogs.
이미 여러 날 동안 피처럼 붉은 기운은 해가 진 후에도 한동안 하늘에 계속되었고, 밤의 고요함을 침범했으며, 잠들어 있는 들판을 비극적인 빛으로 환히 밝혔고, 개들을 짖어대게 했다.

"Giacobbe!
"자코베!

Giacobbe!" cried several while waving their arms who previous to this time had spoken in low voices, before the church, crowded around a pilaster of the vestibule.
자코베!" 전에는 교회 앞에서는 낮은 목소리로 말하던 사람들이, 이제는 교회 현관의 붙임 기둥 주변에 모여서 팔을 흔들며 여러 번 소리쳤다.

"Giacobbe!"
"자코베!"

There issued from the main door and approached the summoners a long and lean man, who seemed ill with a hectic fever, was bald upon the top of his head, and crowned at the temples and neck with long reddish hair.
정문에, 키가 크고 호리호리한 남자가 나타났는데, 그는 결핵을 앓고 있는 듯했고, 정수리는 대머리였으며, 관자놀이와 목에는 붉은 머리가 길게 늘어져 있었는데, 소리치고 있는 사람들에게 다가갔다.

His small, hollow eyes, animated as if from the ardour of a deep passion, converged slightly toward his nose, and were of an uncertain colour.
그는 눈은 작고 움푹 꺼져 있지만, 깊은 열정이 작열하는 듯 생기있어 보였고, 약간 코 쪽으로 몰려 있으며, 눈 색깔은 뭐라 단정적으로 말하기 힘들었다.

The lack of the two front teeth of the upper jaw gave to his mouth as he spoke, and to the movements of his sharp chin scattered with hairs, a singular appearance of satyr-like senility.
윗턱의 앞니 두 개가 없어서, 말을 할 때 입 모양이나 머리카락을 흩날리며 뾰족한 턱을 움직이는 모습은 노쇠한 사티로스를 떠올리게 했다.

The rest of his body was a miserable architectural structure of bones badly concealed by clothes, while on his hands, on the under sides of his arms and on his breast, his skin was full of azure marks, incisions made with the point of a pin and powder of indigo, in memory of visits to sanctuaries, of grace received, of vows taken.
처량한 그의 골격은 옷으로 대충 가렸으며, 그의 손, 팔 아래쪽, 가슴에는 성소 방문과 자신이 받은 은혜와 자신이 행한 서약을 기념하는, 남색 가루와 핀 끝으로 파서 만든 하늘색 문신이 가득 차 있었다.

As the fanatic drew near to the group around the pilaster, a medley of questions arose from these anxious men.
이 광신도가 벽기둥 주위에 있는 사람들에게 가까이 다가가자, 불안에 빠진 사람들은 계속 질문을 해댔다.

"What then?
"그래서 어떻게 됐나요?

What had Don Consolo said?
돈 콘솔로는 뭐라고 했나요?

Had he made only the arm of silver appear?"
은으로 된 팔만 드러내셨나요?"

"And was not the entire bust a better omen?
"가슴 전체가 보이는 게 더 좋은 징조가 아닌가요?

When would Pallura return with the candles?"
팔루라는 언제 양초를 들고 돌아올까요?"

"Were there a hundred pounds of wax?
"밀랍 100파운드는 있나요?

Only a hundred pounds?
겨우 100파운드라구요?

And when would the bells begin to sound?
그리고 언제 종이 울릴까요?

What then?
그럼, 어떻게 되는 건가요?

What then?"
어떻게 되는 거죠?"

The clamours increased around Giacobbe; those furthest away drew near to the church; from all the streets the people overflowed on to the piazza and filled it.
자코베 주변으로 소음이 커졌다. 가장 멀리 있는 사람들도 교회 쪽으로 다가왔다. 모든 거리의 사람들이 광장으로 몰려들어 광장을 가득 채웠다.

Giacobbe replied to the interrogators.
자코베가 질문하는 사람들에게 대답했다.

He spoke in a low voice, as if he were about to reveal terrible secrets, as if he were the bearer of prophecies from afar.
그는, 마치 먼 곳에서 예언을 전하는 사람처럼, 무서운 비밀을 폭로하려는 듯 낮은 목소리로 말했다.

He had witnessed on high, in the centre of blood, a threatening hand and then a black veil, and then a sword

and a trumpet....
이미 그는, 하늘에서, 유혈이 낭자한 가운데, 위협하는 손, 검은 베일, 그리고 칼과 나팔을 본 듯한 모습이었다.

"Tell us!
"말씀해 주세요!

Tell us!" the others induced him, while watching his face, seized with a strange greediness to hear marvellous things, while, in the meantime the fable sped from mouth to mouth throughout the assembled multitude.
말씀해 주세요!" 다른 사람들은, 신기한 이야기를 듣고자 하는 이상한 탐욕에 사로잡혀, 그의 얼굴을 바라보며 그가 이야기를 꺼내도록 종용했다. 이어 그 신기한 이야기는 입에서 입으로 모인 사람들 전체에게 빠르게 퍼져 나갔다.

II

The great vermilion clouds mounted slowly from the horizon to the zenith, until they finally filled the entire cupola of the heavens.
커다란 주홍빛 구름이 지평선에서 하늘 끝까지 천천히 올라가다가 마침내 하늘의 둥근 지붕 전체를 채웠다.

A vapour as of melted metals seemed to undulate over the roofs of the houses, and in the descending lustre of the twilight sulphurous and violent rays blended together with trembling iridescence.
금속이 녹을 때 나올 듯한 증기가 집 지붕 위로 물결치는 것 같았고, 황혼 때 쏟아지는 햇살 속에서 지옥 불과 같은 맹렬한 광선이 흔들리는 무지개와 섞였다.

A long streamer more luminous than the rest escaped

toward a street giving on the river front, and there
appeared in the distance the flaming of the water between
the long, slender shafts of the poplars; then came a border
of ragged country, where the old Saracenic towers rose
confusedly like islands of stone in the midst of obscurity;
oppressive emanations from the reaped hay filled the
atmosphere, which was at times like an odour of putrefied
worms amongst the foliage.

다른 깃발들보다 더 선명하던 기다란 깃발 하나가 강기슭으로 이
어지는 도로 쪽으로 떨어져 나갔고, 멀리서는 불타오르는 듯한 물
이 포플러들 사이의 길고 좁게 뻗은 공간 사이로 보였으며, 들쭉날
쭉한 해안선이 이어졌는데, 그곳에는 오래된 사라센 탑들이 사람들
에게 잊혀진 채로 돌로 된 섬처럼 혼란스럽게 솟아 있었다. 자른 건
초에서 뿜어져 나오는, 숨이 막힐 듯한, 냄새가 대기를 가득 채웠는
데, 그 냄새는 때론 나뭇잎 사이에서 썩어가는 벌레의 냄새 같기도
하였다.

Troops of swallows flew across the sky with shrill-
resounding notes, while going from the banks of the river
to the caves.

제비 떼가 날카로운 소리를 내며 강둑에서 동굴로 하늘을 가로질러
날아갔다.

The murmuring of the multitude was interrupted by the
silence of expectation.

사람들의 웅성거리는 소리는 기대감으로 잠시 조용해졌다.

The name of Pallura was on all lips, while irate impatience
burst out here and there.

팔루라가 모든 사람의 입에 올랐으며 여기저기서 분노 섞인 짜증이
터져 나왔다.

Along the path of the river they did not as yet see the

cart appear; they lacked candles and Don Consolo delayed because of this to expose the relics and make the exorcisms; further, an imminent peril was threatening.
아직 수레가 강 옆에 난 길을 따라 다가오는 것이 보이지는 않았다. 양초가 없어서 돈 콘솔로는 유물을 꺼내서 푸닥거리하는 것을 미뤘다. 게다가 어떤 위협적인 위험이 금방이라도 닥칠 듯했기 때문이었다.

Panic invaded all of this people, massed like a herd of beasts, no longer daring to lift their eyes to heaven.
모든 사람은 공황에 빠져 짐승 떼처럼 한곳에 모여서는, 더 이상 감히 하늘을 올려다보지도 못했다.

From the breasts of the women sobs began to escape, while a supreme consternation oppressed and stupefied all souls at these sounds of grief.
여자들의 가슴에서는 흐느끼는 소리가 새어 나오기 시작했고, 그 비통한 소리에 모든 사람은 압도되고 망연자실해졌다.

At length the bells rang out.
마침내 종이 울렸다.

As these bronze forms swung at a low height, the ominous sound of their tolling blanched the faces of all, and a species of continuous howling filled the air, between strokes.
청동 상들이 낮은 곳에서 흔들리면서, 불길한 종소리가 모든 사람의 얼굴을 하얗게 만들었고, 종소리 사이에 울부짖는 소리가 계속 허공을 채웠다.

"Saint Pantaleone!
"성 판탈레오네!

Saint Pantaleone!"
성 판탈레오네!"

There was an immense simultaneous cry for help from these desperate souls.
이 절망적인 사람들은 도움을 바라며 모두 같이 엄청나게 큰 소리로 외쳤다.

All upon their knees, with extended hands, with white faces, implored, "Saint Pantaleone!"
모두 무릎을 꿇고 손을 뻗은 채 겁에 질린 얼굴을 하고는 간청했다, "성 판탈레오네!"

There appeared at the door of the church, in the midst of the smoke from two censers, Don Consolo in a shining violet cape embroidered with gold.
두 개의 향로에서 연기가 피어오르는 가운데, 교회 문에서 금으로 수놓은 빛나는 보라색 망토를 입은 돈 콘솔로가 나타났다.

He held on high the sacred arm of silver, and exorcised the air while pronouncing these words in Latin, "Ut fidelibus tuis aeris serenitatem concedere digneris.
그는 은으로 된 신성한 팔을 높이 들고 다음 문장을 라틴어로 외치면서 푸닥거리를 시작했다. "주여, 주를 의지하는 저희에게 납시시어 하늘의 평온을 내려 주소서 (Ut fidelibus tuis aeris serenitatem concedere digneris).

Te rogamus, audi nos."
주여, 우리의 말을 들어 주소서 (Te rogamus, audi nos)."

The appearance of the relic excited a delirium of tenderness in the multitude.
유물이 등장하자 심약한 사람들의 망상을 자극했다.

Tears flowed from all eyes, and behind the clear veil of tears their eyes saw a miraculous, celestial splendour emanate from the three fingers held up to bless the multitude.

모든 사람들의 눈에서는 눈물이 흘렀고, 자신들이 흘리는 맑은 눈물 너머로 그들의 눈으로는 사람들을 축복하기 위해 치켜든 세 손가락에서 나오는 기적적인 천상의 영광을 바라보고 있었다.

The arm seemed larger in the kindled atmosphere, the twilight rays produced a dazzling effect on the precious stones, the balsam of the incense was wafted rapidly to the devotees.

타오르는 듯한 분위기 속에서 팔은 좀 더 커 보였고, 황혼의 광선이 보석에 비춰 눈부신 효과를 냈으며, 발삼향은 신자들 사이로 빠르게 퍼져 나갔다.

"Te rogamus audi nos!"

"주여, 우리의 말을 들어 주소서 (Te rogamus audi nos)!"

But when the arm re-entered and the bells ceased to ring, in the momentary silence, they heard nearby a tinkling of bells that came from the road by the river.

그러나 팔이 다시 등장하고 종소리가 그쳤을 때, 잠시 침묵 속에서 사람들은 근처 강 옆길에서 종소리가 딸랑대는 것을 들었다.

Then followed a sudden movement of the crowd in that direction and many said, "It is Pallura with the candles!

그러자 사람들은 갑자기 그 방향으로 몰려갔다. 사람들이 외쳤다. "양초를 가져올 팔루라예요!

It is Pallura who has come!

팔루라가 왔어요!

See Pallura!"
보세요, 팔루라예요!"

The cart arrived, rattling over the gravel, dragged by a heavy grey mare, on whose back a great brass horn shone like a beautiful half moon.
커다란 회색 암말이 자갈길 위로 덜컹거리며 수레를 끌고 도착했다. 말 등에는 커다란 놋쇠 뿔이 아름다운 반달처럼 빛나고 있었다.

As Giacobbe and the others ran to meet the wagon the gentle beast stopped, blowing heavily from his nostrils.
자코베와 다른 사람들이 마차를 맞이하러 달려 나가자, 그 순한 암말은 세게 콧바람을 세게 내더니 멈추었다.

Giacobbe, who reached it first, saw, stretched in the bottom of the cart, the body of Pallura covered with blood, whereupon he began to howl and waved his arms to the crowd, shouting, "He is dead!
제일 먼저 도착한 자코베는, 수레 바닥에 늘어져 있는 피가 낭자한 팔루라의 몸을 보고, 울부짖고 사람들에게 팔을 흔들면서 소리쳤다. "팔루라가 죽었어요!

He is dead!"
죽었어요!"

III

The sad news passed from mouth to mouth in a flash.
이 안타까운 소식은 순식간에 입에서 입으로 전해졌다.

The people pressed around the cart, stretched their necks to see the body, no longer thought of threats from above,

stricken by this new, unexpected occurrence, invaded by that natural fierce curiosity that men possess in the presence of blood.
수레 주위로 사람들이 밀려들어, 하늘이 내리는 경고에는 아랑곳하지 않고, 이렇게 새롭고 예상치 못한 사건에 정신이 팔려, 피를 보자 천생적으로 가지고 있던 강렬한 호기심으로 그를 보기 위해 목을 쭉 뻗었다.

"Is he dead?
"죽었나요?

How did he die?"
어떻게 죽었죠?"

Pallura rested supine on the boards, with a large wound in the centre of his forehead, with an ear lacerated, with rents in his arms, in his sides, in one thigh.
팔루라는 판자 위에 반듯이 누워 있었다. 이마 중앙에 큰 상처가 있었고, 귀가 찢어지고, 팔, 옆구리, 한쪽 허벅지에 상처가 나 있었다.

A tepid stream dripped from the hollow of his eyes down to his chin and neck, while it spotted his shirt, formed black and shining clots upon his breast, on his leather belt, and even on his trousers.
그의 눈두덩이에서 턱과 목까지 미지근한 피가 뚝뚝 떨어지고, 그의 셔츠는 얼룩이 져 있었으며, 그의 가슴과 가죽 벨트, 심지어는 바지까지 시커먼 피가 응고되어 번쩍이고 있었다.

Giacobbe remained leaning over the body; all of those around him waited, a light as of the morning illuminated their perplexed faces; and, in that moment of silence, from the banks of the river came the croak of the frogs, and the bats passed and repassed grazing the heads of the

people.
자코베가 시체를 내려다보는 동안 주위에 있던 사람들은 모두 기다
리고 있었고, 아침햇살은 그들의 당혹스러워하는 얼굴을 비췄다.
그 침묵의 순간에 강둑에서는 개구리 울음소리가 들렸고, 박쥐들은
사람들의 머리에 거의 닿을 듯이 왔다 갔다 했다.

Suddenly Giacobbe standing up, with a cheek stained with
blood, cried, "He is not dead.
갑자기 자코베가 뺨에 피가 묻힌 채 일어서더니 외쳤다. "죽지 않았
어요.

He still breathes."
아직 숨 쉬고 있어요."

A dull murmur ran through the crowd, and those nearest
stretched themselves to see; the restlessness of those most
distant made them break into shouts.
그러자 사람들은 무슨 소리인지 모르게 쑤군거리기 시작했고, 가장
가까이 있던 사람들은 몸을 뻗어 그 광경을 보려고 하였다. 가장 멀
리 떨어져 있는 사람들은 안절부절못하다가 고함을 질렀다.

Two women brought a flask of water, another some strips
of linen, while a youth offered a pumpkin full of wine.
두 여자가 물병을 가져왔고, 다른 여자는 아마포 몇 조각을, 한 젊
은이는 포도주가 가득한 호리병을 건넸다.

The face of the wounded man was bathed, the flow of
blood from the forehead stanched and his head raised.
부상당한 사람의 얼굴이 씻겨지고, 이마에서 흘러내리는 피가 그치
자 그의 머리가 들어 올려졌다.

Then there arose loud voices, demanding the cause of all
this.

그러자 사람들은 커다란 목소리로 이 모든 일의 원인을 밝혀야 한
다고 외쳤다.

The hundred pounds of wax were missing; barely a few
fragments of candles remained among the interstices of
the boards in the bottom of the cart.
100파운드의 밀랍이 사라졌다. 수레 바닥의 판자들 틈 사이에 겨
우 몇 개의 양초 조각만이 남아 있을 뿐이었다.

In the midst of the commotion the emotions of the people
were kindled more and more, and became more irritable
and belligerent.
이런 소동 속에서 사람들의 감정은 점점 더 불타올랐고 더욱 화가
나고 호전적으로 바뀌었다.

As an ancient hereditary hatred for the country of
Mascalico, opposite upon the other bank of the river,
was always fermenting, Giacobbe cried venomously in a
hoarse voice, "Maybe the candles are being used for Saint
Gonselvo?"
강 건너편의 마스칼리코라 지역에 대한 증오가 아주 옛날부터 늘
끓어 오르고 있었기 때문에, 자코베는 쉰 목소리로 표독스럽게 외
쳤다. "양초들이 지금 성 곤셀보를 위해 사용되고 있는 것은 아닐까
요?"

This was like a spark of fire.
이 말은 불똥 같았다.

The spirit of the church awoke suddenly in that race,
grown brutish through so many years of blind and fierce
worship of its one idol.
이런 와중에, 오랜 세월 동안 한 우상을 맹목적이고 맹렬하게 숭배
하면서 야만적으로 성장한 교회에 대한 의식이 사람들 속에서 갑자

기 일깨워졌다.

The words of the fanatic sped from mouth to mouth.
자코베의 말은 입에서 입으로 빠르게 퍼졌다.

And beneath the tragic glow of the twilight this tumultuous people had the appearance of a tribe of negro mutineers.
황혼이 비극적으로 빛나고 있는 동안 이렇게 혼란스러운 사람들은 마치 흑인 폭도들처럼 보였다.

The name of the Saint burst from all throats like a war cry.
성자의 이름이 전쟁의 함성처럼 모든 사람의 목구멍에서 터져 나왔다.

The most ardent hurled imprecations against the farther side of the river, while shaking their arms and clenching their fists.
가장 열렬한 사람들은 팔을 흔들고 주먹을 움켜쥐면서 강 건너편으로 저주의 말들을 던졌다.

Then, all of those countenances afire with wrath and wrathful thoughts, round and resolute, whose circles of gold in the ears and thick tufts of hair on the forehead gave them a strange barbarian aspect, all of those countenances turned toward the reclining man, and softened with pity.
그러자 그 모든 둥그스름하고 결의에 찬 얼굴들은 분노로 혹은 분노로 가득한 생각으로 불타올랐고, 귀에 찬 황금 귀걸이와 이마에 두툼하게 뭉친 머리들은 그들을 이상한 야만인처럼 보이게 했는데, 이런 그들의 얼굴이 몸을 비스듬히 기대고 누워있는 사람을 바라볼 때는 연민으로 부드러워졌다.

There was around the cart a pious solicitude shown by the women, who wished to reanimate the suffering man; many loving hands changed the strips of linen on the wounds, sprinkled the face with water, placed the pumpkin of wine to the white lips and made a kind of a pillow beneath the head.
고통받는 남자를 살리려는 여자들이 수레 주변에 모여 경건하게 보살피고 있었다. 많은 사람이 사랑의 손길로 상처에 덧댄 아마포를 갈아주고 얼굴에 물을 뿌리고 호리병에 든 포도주를 창백한 입술에 넣어주고 머릿 밑에는 베개 같은 것을 만들어 주었다.

"Pallura, poor Pallura, why do you not answer?"
"팔루라, 불쌍한 팔루라, 대답 좀 해봐요?"

He remained motionless, with closed hands, with mouth half open, with a brown down on his throat and chin, with a sort of beauty of youth still apparent in his features even though they were strained by the convulsions of pain.
그는 손을 꼭 잡고 입을 반쯤 벌린 채 움직이지 않고 있었으며, 목과 턱에는 갈색 머리가 드리워져 있었고, 통증의 경련으로 인해 부자연스럽기는 했지만, 그의 모습에는 확연히 젊음의 아름다움이 남아 있었다.

From beneath the binding of his forehead a stream of blood dropped down upon his temples, while at the angles of his mouth appeared little bubbles of red foam, and from his throat issued a species of thick, interrupted hissing.
그의 이마를 묶은 붕대 밑의 관자놀이에서는 피가 줄줄 흘러내렸고, 입가에는 작고 붉은 거품이 나타났으며, 목구멍에서는 탁한 쉭쉭 거리는 소리가 단속적으로 이어졌다.

Around him the assistance, the questions, the feverish glances increased.
그의 주변에서 사람들은 더욱더 그를 보살피고, 질문을 해대고, 흥분해서 바라보고 있었다.

The mare every so often shook her head and neighed in the direction of her stable.
암말은 자주 고개를 흔들면서 마구간 쪽을 보며 울었다.

An oppression as of an imminent hurricane weighed upon the country.
태풍이 곧 닥칠 것 같은 그곳의 분위기는 무거웠다 .

Then one heard feminine cries in the direction of the square, cries of the mother, that seemed even louder in the midst of the sudden silence of the others.
광장 쪽에서 한 여자가 우는 소리가 들렸다. 팔루라의 어머니였다. 그녀의 울음소리는 다른 사람들이 갑자기 조용해지자 더욱 크게 들렸다.

An enormous woman, almost suffocated by her flesh, passed through the crowd, and arrived crying at the cart.
살때문에 숨도 제대로 못 쉴 것 같은 덩치 큰 여자가 사람들 사이를 울면서 통과해 수레에 도착했다.

As she was so heavy as to be unable to climb into the cart, she grasped the feet of her son, with words of love interspersed among her tears, given in a broken voice, so sharp, and with an expression of grief so terribly beast like, that a shiver ran through all of the bystanders and all turned their faces aside.
그녀는 너무 체중이 많이 나가서 수레에 오르지 못했기 때문에, 아들의 발을 붙잡고 눈물을 흘리며 사랑한다는 말들을 간간히 했는데, 그 찢어진 목소리는 아주 날카로웠으며, 끔찍한 슬픔의 표정은 마치 짐승 같아서 지켜보던 사람들은 모두 전율을 느끼며 얼굴을 돌릴 정도였다.

"Zaccheo!
"자케오!

Zaccheo! my heart! my joy!" - the widow cried, over and over again, while kissing the feet of the wounded one, and drawing him to her toward the ground.
자케오! 나의 심장! 나의 기쁨! " 그 과부는 상처 입은 사람의 발에 입 맞추고 그를 자신이 있는 땅 쪽으로 끌어당기며 계속해서 울었다.

The wounded man stirred, twisted his mouth in a spasm, opened his eyes wide, but he really could not see, because a kind of humid film covered his sight.
부상당한 남자는 경련 속에서도 약간씩 움직이며 입을 비틀고 눈을 크게 뜨고 있었지만, 사실 잔뜩 낀 습기가 시야를 가리고 있어서 볼 수는 없었다.

Great tears began to flow from the corners of his eyelids and to run down upon his cheeks and neck, his mouth remained twisted, and in the thick hissing of his throat one perceived a vain effort to speak.
눈꺼풀 끝에서 커다란 눈물방울들이 흘러 뺨과 목을 타고 흘러내리기 시작했고, 여전히 입은 비틀려 있었으며, 목구멍에서 탁하게 쉭쉭 거리는 소리로 뭔가 말하려고 하는 것이 느껴졌다.

They crowded around him.
사람들이 그의 주위에 몰려들었다.

"Speak, Pallura!

"말해봐요, 팔루라!

Who has wounded you?
누가 이렇게 만들었어요?

Who has wounded you?
누가 이렇게 만들었냐구요?

Speak!
말해봐요!

Speak!"
말해 보세요!"

And beneath the question their wrath raged; their violent desires intensified, a dull craving for vengeance shook them and that hereditary hatred boiled up again in the souls of all.
그런 질문 안에는 사람들의 분노가 불타고 있었다. 사람들의 폭력적인 욕구가 강해지고, 막연하게 복수를 하겠다는 갈망이 사람들을 뒤흔들었으며 대대로 이어져 내려오는 증오가 모든 사람들에게 다시 끓어 올랐다.

"Speak!
"말하세요!

Who has wounded you?
누가 이렇게 만들었냐구요?

Tell us about it!
말해봐요!

Tell us about it!"

말해보세요!"

The dying man opened his eyes a second time, and as they clasped both of his hands, perhaps through the warmth of that living contact the spirit in him revived and his face lighted up.
죽어가던 사람이 다시 한번 눈을 떴다. 사람들이 그의 두 손을 움켜 쥐었을 때, 살아있는 사람의 온기로 그의 영혼은 다시 살아나고 그의 얼굴은 밝아졌다.

He had upon his lips a vague murmur, betwixt the foam that rose, suddenly more abundant and bloody.
그의 입은 뭔가 중얼거렸는데 입 주변에는 피가 섞인 거품이 갑자기 더 많아졌다.

They did not as yet understand his words.
아직 그가 뭐라고 하는지 알아 들을 수가 없었다.

One could hear in the silence the breathing of the breathless multitude, and all eyes held within their depths a single flame because all minds awaited a single word.
너무 조용해서 사람들은 숨을 참으며 바라보는 사람들의 숨소리를 들을 수가 있을 정도였고, 사람들은 단 한 마디를 기다리며 모두 눈에 불을 켜고 있었다.

"Ma-Ma-Ma-scalico."
"마-마-마-마스칼리코!"

"Mascalico!
"마스칼리코!

Mascalico!" howled Giacobbe, who was bending, with strained ear, to grasp the weak syllables from that dying

mouth.
마스칼리코!" 몸을 구부리고 귀를 곤두세우며 그 죽어가는 사람의 입에서 잘 들리지 않는 소리를 들으려고 하던 자코베가 소리를 질렀다.

An immense cry greeted this explanation.
자코베가 외치자 사람들은 모두 크게 탄성을 질렀다.

There was at first a confused rising and falling as of a tempest in the multitude.
처음에 사람들은 오락가락하는 폭풍우처럼 혼란스러워했다.

Then when one voice raised above the tumult gave the signal, the multitude disbanded in mad haste.
그러다가 한 사람이 이런 소란을 뚫고 어떤 신호를 보내자, 사람들은 미친 듯이 서둘러 흩어졌다.

One single thought pursued those men, one thought that seemed to have flashed instantaneously into the minds of all: to arm themselves with something in order to wound.
한 가지 생각만이 사람들에게 떠올랐고, 동시에 모든 사람의 마음 속에 반짝했던 한 가지 생각은, 상처를 되갚아 주기 위해서는 무엇인가로 무장해야 한다는 것이었다.

A species of sanguinary fatality settled upon all consciences beneath the surly splendour of the twilight, in the midst of the electrifying odours emanating from the panting country.
모든 사람들은, 복수로 숨을 새근거리는 이곳의 짜릿한 냄새에 취하고 황혼의 황량한 햇살을 받으며, 피를 볼 수밖에 없다는 생각을 굳혔다.

IV

Then the phalanxes, armed with scythes, with sickles, with hatchets, with hoes and with muskets, reunited on the square before the church.
이어, 큰 낫, 낫, 도끼, 괭이, 소총으로 무장한 무리들이 교회 앞 광장에 다시 모였다.

And the idolaters shouted, "Saint Pantaleone!"
우상 숭배자들이 외쳤다! "성 판탈레오네"

Don Consolo, terrified by the turmoil, had fled to the depths of a stall behind the altar.
이런 소란으로 겁에 질린 돈 콘솔로는 제단 뒤에 있는 좌석 깊숙이 도망쳤다.

A handful of fanatics, conducted by Giacobbe, penetrated the large chapel, forced its gratings of bronze, and arrived at length in the underground passage where the bust of the Saint was kept.
자코베를 따르는 소수의 광신도들이 큰 예배당에 들어가 청동 창살을 힘으로 밀어내고는, 마침내 성인의 흉상이 보관되어 있는 지하 통로에 도착했다.

Three lamps fed with olive oil burned gently in the sacristy behind a crystal; the Christian idol sparkled with its white head surrounded by a large solar disc, and the walls were covered over with the rich gifts.
올리브 기름으로 채워진 세 개의 램프가 수정 뒤에 있는 성구(聖具) 보관실에서 부드럽게 타고 있었다. 그 기독교 우상은 커다란 태양 원반으로 둘러싸여 하얀색으로 머리가 빛나고 있었으며 벽들은 수많은 공물들로 가려져 있었다.

When the idol, borne upon the shoulders of four Hercules,

appeared presently between the pilasters of the vestibule, and shed rays from its aureole, a long, breathless passion passed over the expectant crowd, a noise like a joyous wind beat upon all foreheads.

그 우상은 네 명의 헤라클레스처럼 힘센 사람들의 어깨에 실려 현관의 벽기둥 사이에 나타나 광환에서 빛이 발산될 때, 기다리던 사람들 위로 길고도 숨 막히는 열정과 사람들의 이마를 두드리는 반가운 바람 같은 소음이 흘렀다.

The column moved.

흉상이 움직였다.

And the enormous head of the Saint oscillated on high, gazing before it with two empty eyes.

성자의 거대한 두상은 높은 곳에서 흔들렸고, 텅 빈 두 눈으로 앞쪽을 바라보고 있었다.

In the heavens now passed at intervals meteors which seemed alive, while groups of thin clouds seemed to detach themselves from the heavens, and, while dissolving, floated slowly away.

이제 하늘에는 살아 있는 듯한 유성들이 간간히 지나갔고, 가느다란 구름 떼는 하늘에서 떨어져 나가 녹듯이 천천히 흘러갔다.

The entire country of Radusa appeared in the background like a mountain of ashes that might be concealing a fire, and in front of it the contour of the country lost itself with an indistinct flash.

라두사 마을 전체를 배경으로 멀리서 보면 불꽃을 감추고 있는 잿더미처럼 보였지만, 앞쪽에서 보면 희미한 섬광 때문에 마을의 윤곽을 찾을 수가 없었다.

A great chorus of frogs disturbed the harmony of the

solitude.
개구리들이 모두 함께 시끄럽게 울어대서 평화로운 고요함이 깨졌
다.

On the road by the river Pallura's cart obstructed progress.
강변의 도로에서는 팔루라의 수레가 행진을 가로막았다.

It was empty now, but bore traces of blood in many
places.
지금은 비어 있었지만, 여기저기에 핏자국들이 남아있었다.

Irate imprecations exploded suddenly in the silence.
고요함 속에서 분노의 저주가 갑자기 폭발했다.

Giacobbe cried, "Let us put the Saint in it!"
자코베가 외쳤다, "성상을 수레 안에 넣읍시다!"

The bust was placed on the boards and dragged by human
strength to the ford.
성상은 판자 위로 올려져 사람들이 끌어서 여울로 가져갔다.

The procession, ready for battle, thus crossed the
boundary.
전투 준비를 마친 그들의 형렬은 그렇게 경계를 넘었다.

Along the files metal lamps were carried, the invaded
waters broke in luminous sprays, and everywhere a red
light flamed from the young poplars in the distance,
toward the quadrangular towers.
행렬을 따라 금속 램프를 들고 물보라를 일으키며 강을 건너자, 멀
리 어린 포플러 나무들로부터 사각형 탑들이 있는 쪽으로 사방이
등불의 빨간 빛들로 타는 것처럼 번쩍였다.

Mascalico appeared upon a little elevation, asleep in the centre of an olive orchard.
마스칼리코 마을은 올리브 과수원 중앙의 작은 언덕 위에서 잠든 듯했다.

The dogs barked here and there, with a furious persistency.
개들은 맹렬하게 쉬지 않고 여기저기서 짖었다.

The column having issued from the ford, on abandoning the common road, advanced with rapid steps by a direct path that cut through the fields.
여울에서 나온 행렬은 일반도로를 포기하고 들판을 가로지르며 직선으로 난 길로 빠른 발걸음으로 앞으로 나아갔다.

The bust of silver borne anew on rugged shoulders, towered above the heads of the men amongst the high grain, odorous and starred with living fireflies.
다부진 어깨들 위로 다시 들어 올려진 은색 흉상은, 높이 달린 이삭들 사이사이, 사람들 머리 위로 탑처럼 솟아 있었고 향기가 났으며 반딧불들이 모여들었다.

Suddenly, a shepherd, who rested under a straw shed to guard the grain, seized by a mad terror at the sight of so many armed men, began to flee up the coast, screaming as loud as he could, "Help!
갑자기 밀짚 헛간에서 이삭들을 지키던 목동이 수많은 무장한 사람들의 모습을 보고, 미친 듯 두려워서 강 쪽으로 도망치면서 최대한 크게 소리를 질렀다. "도와주세요!

Help!"
도와주세요!"

His cries echoed through the olive orchards.
그의 외침은 올리브 과수원 전체에 울려 퍼졌다.

Then it was that the Radusani increased their speed.
라두사 마을 사람들이 먼저 선수를 쳤다.

Among the trunks of trees, amid the dried reeds, the Saint of silver tottered, gave back sonorous tinklings at the blows of the trees, became illuminated with vivid flashes at every hint of a fall.
나무줄기들 사이, 마른 갈대들 사이에서, 은빛의 성상은 흔들렸다. 나무들이 부딪치면서 요란하게 쨍그랑거리는 소리가 났으며, 넘어지려고 할 때마다 강렬한 후레쉬로 빛을 밝혔다.

Ten, twelve, twenty shots rained down in a vibrating flash, one after another upon the group of houses.
10, 12, 20발의 총알들이 진동하는 섬광과 함께 집들이 모여 있는 곳으로 잇따라서 쏟아졌다.

One heard creaks, then cries followed by a great clamorous commotion; several doors opened while others closed, windows fell in fragments and vases of basil fell shivered on the road.
삐걱거리는 소리가 들리더니, 요란한 소란이 이어졌다. 문이 닫혀 있는 집들고 있었지만, 몇몇 집들은 문이 열려 있었다. 창문은 산산조각이 났고, 바질 꽃병은 떨어져 산산조각이 났다.

A white smoke rose placidly in the air, behind the path of the assailants, up to the celestial incandescence.
괴한들이 들이닥친 후에도 아무 일 없었다는 듯 하얀 연기가 하늘 끝까지 피어올랐다.

All blinded, in a belligerent rage, shouted, "To death!

적대적인 분노에 눈이 먼 사람들이 소리쳤다. "죽여라!

To death!"
죽여라!"

A group of idolaters maintained their positions around
Saint Pantaleone.
한 무리의 우상 숭배자들은 성 판탈레오네 주변을 지켰다.

Atrocious vituperations against Saint Gonselvo burst out
amongst the brandished scythes and sickles.
낫이 마구 휘둘러지고 성 곤셀보에 대한 끔찍한 욕설들이 터져 나
왔다.

"Thief!
"도둑놈!

Thief!
도둑놈!

Loafer!
거지 새끼!

The candles!...
양초...!

The candles!"
양초!"

Other groups besieged the doors of the houses with blows
of hatchets.
다른 무리는 집 문을 포위하고는 도끼질을 하고 있었다.

And, as the doors unhinged shattered and fell, the howling Pantaleonites burst inside, ready to kill.
그리고 경첩을 떼낸 문이 산산조각이 나서 떨어지자, 성 판탈레오네 추종자들은 그 안의 사람들을 죽이려고 소리를 지르며 안으로 뛰어 들어갔다.

Half nude women fled to the corners, imploring pity and, trying to defend themselves from the blows by grasping the weapons and cutting their fingers, they rolled extended on the pavement in the midst of heaps of coverings and sheets from which oozed their flaccid turnip-fed flesh.
반라의 여자들은 자비를 바라며 구석으로 도망쳤고, 타격으로부터 자신을 보호하려고 하면서 무기를 움켜쥐기도 하고 손가락들을 베이기도 하였으며, 야채만 먹어 축 처진 살들이 삐져나온 담요와 이불 더미 사이로 여자들이 바닥에 몸을 뻗은 채 구르고 있었다.

Giacobbe, tall, slender, flushed, a bundle of dried bones rendered formidable by passion, director of the slaughter, stopped everywhere in order to make a broad, commanding gesture above all heads with his huge scythe.
큰 키에 호리호리하며, 붉은 안색, 열정으로 바짝 마른 뼈밖에 남지 않은 무시무시한 모습의 자코베는 큰 낫을 들고, 모든 사람들에게 크고 위엄 있는 몸짓으로 여기저기에서 멈춰 서서 살육을 지휘하였다.

He walked in the front ranks, fearless, without a hat, in the name of Saint Pantaleone.
그는 성 판탈레오네의 가호 아래 모자도 쓰지 않고 두려움 없이 최전방에 나섰다.

More than thirty men followed him.
30명이 넘는 사람들이 그를 따랐다.

And all had the confused and stupid sensation of walking in the midst of fire, upon an oscillating earth, beneath a burning vault that was about to shake down upon them.
그들 모두는 땅이 흔들리고 곧 무너질 듯한 불타는 천장 아래 불 속을 걷고 있는 듯한 혼란스럽고도 이상한 느낌이 들었다.

But from all sides defenders began to assemble; the Mascalicesi, strong and dark as mulattoes, sanguinary, who struck with long unyielding knives, and tore the stomach and throat, accompanying each blow with guttural cries.
그러나 곳곳에서 방어하는 사람들이 모이기 시작했다. 마스칼리코 사람들이었다. 그들은 피에 굶주린 혼혈인들처럼 강하고 시커먼 사람들로서 길고 날카로운 칼로 때리고, 배와 목에 구멍을 냈으며, 칼을 휘두를 때마다 우르릉거리듯 낮은 소리를 냈다.

The fray drew little by little toward the church, from the roofs of two or three houses burst flames, a horde of women and children escaped precipitately among the olives, seized with panic and no longer with light in their eyes.
살육전은 점점 교회 쪽으로 향하고 있었다. 두세 채의 집 지붕에서는 불이 일었고, 여자들과 아이들은 공포에 사로잡혀 눈에 빛을 잃은 채 올리브 나무들 사이로 황급히 도망쳤다.

Then among the men, without the handicap of the women's tears and laments, the hand-to-hand struggle grew more ferocious.
울고 애통해하는 여자들이 없어지자, 남자들의 백병전은 더욱 격렬해졌다.

Beneath the rust-coloured sky the earth was covered with corpses.

적갈색 하늘 아래, 땅에는 시체가 가득했다.

Vituperations, choked within the teeth of the slain,
resounded, and ever above the clamour continued the
shout of the Radusani, "The candles!
부상 당한 자들이 입속으로 새된 소리로 저주하는 것이 들렸는데,
이런 소란 속에서도 라두사 사람들의 외침은 계속되었다. "양초!

The candles!"
양초!"

But the entrance of the church was barred by an
enormous door of oak studded with nails.
그러나 교회의 입구는 못이 박힌 거대한 참나무 문으로 막혀 있었
다.

The Mascalicesi defended it from the blows and hatchets.
마스칼리코 사람들은 타격과 도끼로부터 문을 지켰다.

The Saint of silver, impassive and white, oscillated in the
thick of the fray, still sustained upon the shoulders of the
four Hercules, who, although bleeding from head to foot,
refused to give up.
은빛 성상은 무표정하고 하얀 모습을 유지한 채 격렬한 살육전 속
에서도 흔들리며 머리끝에서 발끝까지 피를 흘리면서도 포기할 줄
모르는 네 명의 남자들의 어깨에 여전히 얹혀 있었다.

The supreme vow of the attackers was to place the idol on
the altar of the enemy.
이들은 반드시 자신들의 우상을 적의 제단 위에 두고자 하였다.

Now while the Mascalicesi raged like prodigious lions
on the stone steps, Giacobbe disappeared suddenly and

skirted the rear of the edifice for an undefended opening
by which he could penetrate the sacristy.
마스칼리코 사람들이 돌계단에서 사자들처럼 장렬히 싸우는 동안,
자코베는 갑자기 사라져서는 성구 보관실로 저항 없이 들어갈 수
있는 곳을 찾기 위해 건물 뒤쪽으로 돌아갔다.

Finally he discovered an aperture at a slight distance from
the ground, clambered up, remained fixed there, held fast
at the hips by its narrowness, twisted and turned, until at
length he succeeded in forcing his long body through the
opening.
마침내 그는 바닥에서 약간 떨어진 곳에 벌어진 틈을 발견하고, 기
어 올라가, 움직이지 않고 붙어 있다가, 틈이 좁아서 엉덩이 부분이
끼어가며, 몸을 비틀고 돌려서, 마침내 자신의 기다란 몸을 구멍으
로 밀어 넣는 데 성공했다.

The welcome aroma of incense was vanishing in the
nocturnal frost of the house of God.
밤이 내린 서늘한 하나님의 거처 안으로 들어 갔을 때 나던 향냄새
가 차츰 사라져 가고 있었다.

Groping in the dark, guided by the crashing of the
external blows, the man walked toward the door,
stumbling over the chain, and falling on his face and
hands.
외부에서 때리는 진동을 따라 어둠 속을 더듬거리며 남자는 문을
향해 걸어가다가 사슬에 걸려 넘어져 손을 짚으며 얼굴로 쓰러졌
다.

Radusanian hatchets already resounded upon the hardness
of the oak doors, when he began to force the lock with an
iron, breathless, suffocated by the violent palpitation of
anxiety that sapped his strength, with his eyes blurred by

indistinct flashes, with his wounds aching and emitting a tepid stream which flowed down over his skin.

라두사 마을 사람들의 도끼 소리가 딱딱한 떡갈나무 문에 부딪혀 계속 울려왔다. 그는, 자신을 나약하게 만드는 불안의 격렬한 두근 거림 때문에 질식할 듯이 숨을 몰아 쉬면서, 쇠몽둥이로 자물쇠에 힘을 가하기 시작했다. 희미한 섬광으로 눈이 흐려지고, 상처가 쑤 셔오고 그의 피부 위로는 미지근한 피가 흘러내렸다.

"Saint Pantaleone!
"성 판탈레오네!

Saint Pantaleone!" shouted outside the hoarse voices of those who felt the door yielding slowly, while they redoubled their shouts and the blows of their hatchets.

성 판탈레오네!" 문이 천천히 열리고 있다고 느낀 라두사 사람들은 목이 쉬도록 외치며 두 배로 도끼질을 하며 두 배로 소리를 질렀다.

From the other side of the wood resounded the heavy thud of bodies of those that had been murdered and the sharp blow of a knife that had pinioned some one against the door, nailed through the back.

문 건너편에서는 살해당한 사람들의 시신이 무겁게 쓰러지는 소리 와 누군가를 칼로 찔러 문에 꽂으며 등에 못질하는 소리가 들렸다.

And it seemed to Giacobbe that the whole nave throbbed with the beating of his wild heart.

자코베에게는 본당 전체가 그의 거친 심장 박동에 맞춰 고동치는 것 같았다.

After a final effort, the door swung open.
마침내 문이 열렸다.

The Radusani rushed in headlong with an immense shout

of victory, passing over the bodies of the dead, dragging
the Saint of silver to the altar.
라두사 마을 사람들은 거대한 승리의 함성과 함께 앞뒤 살피지 않
고 달려 나가 죽은 자들의 시체를 넘어 은으로 된 성상을 제단으로
끌고 갔다.

An animated oscillation of reflections suddenly illuminated
the obscurity of the nave and made the gold of the
candelabra glitter.
빛이 살아있는 듯 반사되어 흔들리더니, 어둡던 본당을 밝히고 촛
대의 금을 반짝이게 했다.

And in that glaring splendour, which now and again
was intensified by the burning of the adjacent houses, a
second struggle took place.
이런 번쩍임은 인접한 집들이 이집 저집 불에 타면서 더욱 강렬해
졌다. 두 번째 전투가 벌어졌던 것이다.

The entangled bodies rolled upon the bricks, remained
in a death grip, balanced together here and there in
their wrathful struggles, howled and rolled beneath the
benches, upon the steps of the chapels and against the
corners of the confessionals.
죽었든 살아있든 사람들의 몸뚱이들은 서로 얽혀 죽은 채로 벽돌
위에 구르고 있거나, 여기저기 분노에 차서 꿈틀거리며 균형을 잡
으려고 하면서, 벤치 아래, 예배당 계단과 고해소의 모퉁이에 기대
어 울부짖거나 뒹굴고 있었다.

In the symmetrical concave of this house of God arose
that icy sound of the steel that penetrates the flesh or
that grinds through the bones, that single broken groan
of a man wounded in a vital part, that rattle that the
framework of the skull gives forth when crushed with a

blow, that roar of him who dreads to die, that atrocious hilarity of him who has reached the point of exulting in killing, all of these sounds echoed through this house of God.

이 신의 거처의 대칭적인 요면에서, 살을 꿰뚫거나 뼈를 갈아내는 무기의 얼음같은 소름 끼치는 소리, 급소에 부상을 입은 사람이 갈라진 목소리로 내는 단말마, 뭔가에 맞아 으깨진 두 개골에서 나는 덜거덕거리는 소리, 죽음을 두려워하는 사람이 지르는 고함소리, 사람 죽인 것을 의기양양하게 말하는 잔학한 악당이 웃고 떠드는 소리, 이 모든 소리가 신의 거처에서 메아리쳤다.

And the calm odour of incense arose above the conflict.

이런 참상위로 마음을 달래는 향냄새가 퍼졌다.

The silver idol had not yet reached the glory of the altar, because the hostile forces, encircling the altar, had prevented it.

은 우상은 아직 영광스러운 제단에 이르지 못했다, 마스칼리코 사람들이 제단을 둘러싸서 막고 있었기 때문이었다.

Giacobbe, wounded in many places, struck with his scythe, never yielding a palm's breadth of the steps which he had been the first to conquer.

여러 곳에서 부상을 입고, 낫을 맞기도 한 자코베는 그가 선점했던 계단 진입을 한 치도 양보하지 않고 있었다.

There remained but two to support the Saint.

이제, 흉상을 지고 가는 라두사니 사람들은 단지 두 명만이 남았을 뿐이었다.

The enormous white head rolled as if drunk over the wrathful pool of blood.

거대한 흰 두상이 분노로 가득 찬 피의 웅덩이위에 취한 듯이 내 뒹

굴었다.

The Mascalicesi raged.
마스칼리코 마을 사람들이 맹위를 떨치고 있었다.

Then Saint Pantaleone fell to the pavement, giving a sharp rattle that stabbed the heart of Giacobbe deeper than any sword could have done.
성 판탈레오네 상이 날카로운 소리를 내면서 바닥에 떨어지자 자코베의 심장은 그 어떤 칼에 찔린 것보다 깊이 찔린 듯했다.

As the ruddy mower darted over to lift it, a huge demon of a man with a blow from a sickle stretched the enemy on his spine.
붉은 얼굴을 한 농부가 쏜살같이 달려 나가 들어 올리려 하자, 엄청나게 크고 악마 같은 남자가 낫으로 일격을 가해 농부는 바닥에 쭉 뻗어 버렸다.

Twice he arose, and two other blows hurled him down again.
농부가 일어서자 이번에는 낫으로 두 번 맞고 다시 쓰러졌다.

The blood inundated his entire face, breast and hands, while on his shoulders and arms the bones, laid bare by deep wounds, shone out, but still he persisted in recovering.
얼굴 전체와, 가슴, 손에 피가 넘쳐흘렀고 어깨와 팔에는 깊은 상처로 노출된 뼈가 빛나고 있었지만, 그는 죽지 않고 있었다.

Maddened by his fierce tenacity of life, three, four, five ploughmen together struck him furiously in the stomach, thus disgorging his entrails.
끈질기게 살아 있는 것을 보고, 분노한 서너 명의 쟁기꾼들이 그의 배를 미친 듯이 찔러서 농부의 내장이 쏟아졌다.

The fanatic fell backwards, struck his neck on the bust of the silver Saint, turned suddenly upon his stomach with his face pressed against the metal and with his arms extended before him and his legs contracted under him.
농부는 뒤로 넘어져 성자 흉상에 목을 부딪치고는, 얼굴로 흉상을 누르고 팔을 앞으로 뻗고 다리가 움츠러들더니, 갑자기 몸 앞쪽으로 흉상을 덮쳤다.

Thus was Saint Pantaleone lost.
그렇게 해서 성 판탈레오네 상은 사라지고 말았다.